경주를 걷는 게 좋아

경주를 걷는 게 좋아

김제우

나는 이 공간, 이 시간, 이 기분
이 장면을 사랑한다.

차례

고마워요, 버지니아!

버지니아 울프 Adeline Virginia Woolf. 이보다 더 작가스러운 이름이 있을까.

'버지니아 울프'라고 소리내어 말해 보면 진동하는 공기의 흔들림 속에서 서늘함이 느껴진다. 그녀의 생애에 관해 전혀 알지 못하던 때부터 그랬다. 왜 그런지는 모르지만 왠지 '버지니아 울프'라는 이름에서 우수와 고독이 느껴졌다. 그녀는 《Street Haunting: A London Adventure》라는 에세이, 《The London Scene》이라는 이름으로 쓰인 여섯 편의 시리즈 에세이, 《A Writer's Diary》라는 제목으로 출간된 일기에서 여러 차례 '런던 걷기'의 아름다움을 피력했다. 그 모든 글이 런던을 걸으면서 보고 듣고 생각한 것을 쓴 것들인데 나는 그녀가 '걷기'와 '런던'을 사랑했다는 점이 무척 마음에 들었다. 어쩌면 '버지니아 울프'라고 그녀의 이름을 부를 때 내가 느낀 서늘함은 그녀가 런던 거리를 걸으며 만났던 그 서늘한 바람에서 온 것인지도 모르겠다. 번역가 이승민은 《The London Scene》을 《런던을 걷는 게 좋아, 버지니아 울프는 말했다》라는 멋진 제목으로 번역·출간했다. 나는 그 책을 읽으면서 런던과 걷기를 무진장 사랑했던 그녀의 아름답고 간결한 문장에 마음을 빼앗겼다.

"런던은 쉴 새 없이 나를 매혹하고 자극하고 내게 극을 보여주고 이야기와 시를 들려준다. 두 다리로 부지런히 거리를 누비는 수고만 감내하면 아무것도 걸리적거릴 것 없다. 혼자 런던을 걷는 시간이 내게는 가장 큰 휴식이다."

혼자서 런던을 걷는 시간을 가장 큰 휴식으로 생각하는 사람. 이 문장만으로도 나는 그녀가 어떤 사람인지 알 것 같았다. 도무지 나와는 닮은 구석이 없지만 나는 그녀가 나와 비슷한 부류의 인간이라는 생각이 들었다. 나보다 98살이나 연상이고, 영국인이며, 여성이었음에도 나는 그녀의 말에 깊이 공감했다. 이건 나이와 인종, 성별의 차이를 넘어서는 동질감이었다.

나는 버지니아에게 감사한다. 버지니아가 런던을 걸어줘서 고맙고, 그녀만의 독특한 감상을 글로 쓰고 책으로 묶어 주어 고맙다. 버지니아가 걷기를 사랑했듯이 나도 걷기를 사랑하고, 그녀가 런던을 사랑했듯이 나도 경주를 사랑한다. 버지니아가 연필 한 자루를 사기 위해 런던 거리를 걷는 일을 즐거워했듯이 나도 아무 할 일 없이 경주 거리를 걷는 일을 즐거워한다. 나도 그녀처럼 '경주를 걷는 게 좋아'라고 수도 없이 말하면서 혼자서 경주를 걸었고, 때때로 가까운 이들과 함께 걸었다.

사실 오늘날의 경주는 런던과 어떤 접점도 찾기 힘든 도시임이 분명하다. 경주는 인구가 채 30만도 되지 않는 소도시인데 런던은 960만도 더 되는 메

　　　　　　　　　　경주를 걷는 게 좋아

가시티다. 지금 경주는 한국의 변방이 되고 말았지만 런던은 여전히 영국의 수도이자 유럽의 중심도시다. 이런 이질성에도 불구하고 굳이 두 도시의 공통점을 찾자면 런던이 영국의 수도이듯 경주는 신라의 수도였고, 두 도시 모두 조성된 지 2,000년 어간의 오래된 도시라는 점일 것이다. 하지만 '걷는 게 좋아'라는 대목에 이르면 경주와 런던은 쉽게 포개진다. 런던이 걷기 좋은 도시이듯 경주도 걷기 좋은 도시이기 때문이다. 더구나 버지니아는 런던을 걷는 것이 '좋다'라고 했는데 경주를 걷는 것이 내게는 그저 좋은 게 아니라 '정말 좋다.' 아마 버지니아가 경주를 걸어 보았다면 내 말에 깊이 공감했을 것이다. 버지니아의 런던만큼이나 경주는 정말 걷기 좋은 도시, 걷고 싶은 도시, 자주 그리고 오래 걷고 싶은 도시이다.

2023년 여름, 나는 버지니아가 칭송해 마지않던 런던을 걸었다. 첼시 CHELSEA 에 숙소를 잡고 런던 여기저기를 걸었다. 때로 지하철과 버스를 타기도 했지만 꽤 많은 시간 런던을 걸어 다녔다. 가장 오래 걸었던 날은 내셔널 갤러리에서 출발해 홀스가즈 로드, 세인트 제임스 파크, 버킹엄 궁전, 그린 파크, 옥스퍼드 서커스, 리버티 백화점, 소호 SOHO 까지 걸었다. 버지니아가 즐겨 걸었던 경로는 아니었지만 그녀처럼 숙소로 돌아와 글을 썼다. 한여름의 런던은 서늘해서 걷기에 안성맞춤이었다. 때때로 내리는 비는 금세 그쳤고 우중충하던 하늘은 이내 맑아졌으며 연신 싱그러운 바람이 불어왔다. 이런 멋진 일들이 하루에 몇 번씩 반복되기도 하였다. 그래서 런던의 대지는 늘 촉촉했고 공기는 산뜻했다. 특히 밤 9시가 넘어서까지 오래도록 태양 빛 아래 걸을 수 있다는 건 큰 축복이었다. 오후 4시면 어김없이 해가 지는 겨울의 런던을 생각한다면 여름의 런던이 가진 매력은 더욱 칭송받아 마땅하다. 나는 버지니아처럼 여름의 런던을 아침부터 늦은 밤까지 걸어 보았고, 그녀의 말이 사실임을 확인했다. 한여름 런던을 걷는 일은 정말 행복했다.

경주의 여름은 어떤가. 도무지 걷기에는 부적합하다. 35도를 넘나드는 고온에다 습하기까지 하니

  경주를 걷는 게 좋아

조금만 걸어도 땀이 비 오듯 한다. 하지만 나는 의지의 한국인이 아닌가. 고온다습한 경주의 여름 날씨도 경주에 대한 무한한 애정으로 얼마든지 극복할 수 있다. 가볍게 입고서 한바탕 걷고 돌아와 차가운 물로 샤워하면 그만이다. 하여 나는 끝 없이 피어오르는 아스팔트 아지랑이를 담담히 바라보며 호기롭게 한여름의 경주를 걷는다. 정 걷기 힘든 날이면 작열하던 태양 빛이 스러지기 시작하는 오후 4시 이후에 거리로 나선다. 열대야가 지속되는 폭염의 날들이라도 오후 4시가 되면 어김없이 햇빛은 순해지고 멀리 산과 바다에서 잔잔한 바람이 일어난다. 머리칼을 날릴 만큼 세차게 불어오는 바람이 아니라 팔에 난 솜털을 겨우 간질일 정도로 미약한 바람이지만 얼마나 고마운 바람인지 모른다. 해가 지고 밤이 되면 이제 본격적인 걷기에 나설 시간이다. 낮에 제법 걸었던 날이라 할지라도 여름밤 경주는 전혀 새로운 공간으로 변모하여 나를 유혹한다. 햇빛 아래 선명하게 보이던 많은 것들이 어둠 속에 감춰지고 노란색 가로등 불빛에 비춰 보이는 희미한 사물들 사이를 걷는 시간은 내게 늘 새로운 영감을 준다. 경주의 여름밤을 걷는 일은 적잖은 흥분과 함께 내 몸을 활기로 충만하게 한다. 인생의 한여름을 지나고 있는 '지금의 나'를 분명하게 인식하게 해준다. 탱탱해진 두 다리에서부터 생의 활력이 솟구쳐 오르고, 무슨 일이든 해낼 수 있을 것 같은 자신감이 생긴다. 하여 나는 경주의 여름밤 걷기를 사랑한다.

다비드 르 브르통 David Le Breton 은 《느리게 걷는 즐거움》에서 이렇게 말한 바 있다.

"어린 시절을 보냈던 도시를 찾아 오래 걷는 일은 시간의 불연속성을 걷는 일과도 같아서 서로 다른 시기가 뒤섞이고 공간들이 한데 얽힌다. 발걸음은 풍부한 상상 속에서 완성된다."

꼭 나를 두고 하는 말 같다. 나는 경주에서 어린 시절을 보냈다. 그의 말대로 경주를 걷는 일은 내게 '어린 시절을 보냈던 도시'를 찾아 걷는 일이고, '서

  경주를 걷는 게 좋아

로 다른 시기가 뒤섞이고 공간들이 한데 얽히는' 기억의 재생과 재구성의 시간이다. 내가 지금 걷고 있는 경주의 이 길들은 내 과거의 다양한 시간과 공간의 기억 속으로 나를 초청하고, 여러 층위의 기억들은 다양한 감정들을 불러일으키면서 한데 뒤섞이고 얽혀서 새로운 상상과 영감으로 나를 이끈다. 벚꽃이 만발한 대릉원 돌담길을 걷는 지금의 나는 여드름투성이 10대 시절의 나와 같으면서도 다른 사람이고, 그 둘이 만나 뒤섞이고 얽혀서 형성되어져 가는 나는 전혀 새로운 나다. 그런 점에서 경주를 걷는 일은 '과거의 나'와 '지금의 나'가 만나 '새로운 나'를 형성해 가는 신비로운 일인 것이다.

이렇게 신비롭고 상서로운 일이 나에게만 일어날 리는 없다. 나처럼 경주에서 어린 시절을 보낸 사람이 아니더라도 경주는 모든 사람의 추억 속에 한 자리를 차지하고 있을 것이기 때문이다. 학창 시절 수학여행으로 혹은 좀 더 나이가 들어 연인과 함께 경주를 찾았든 경주를 한 번이라도 걸어 본 모든 이들에게 경주의 햇살은 따사롭고 바람은 자애로웠을 것이다. 이전에 경주를 걸었던 적이 있다면 있는 대로, 없다면 또 없는 대로 경주는 당신에게 새롭게 말을 걸어 올 것이다. 매번 경주가 나에게 그랬던 것처럼 말이다. 우리 말에 '일삼다.'라는 표현이 있다. '일로 생각하고 하다.'라는 뜻인데 '자주 반복해서 하다.'라는 의미로 쓰인다. '경주 걷기를 일삼다.'라고 쓰면 '자주 반복해서 경주를 걷다.'라는 뜻이 된다. 이 글을 읽고 계신 당신께 권하고 싶다. 그저 오롯이 일삼아 경주를 걸어보시라고. 신라의 미소 마냥 정답고 고마운 경주의 햇살 아래 일삼아 오래 걸어 보면 거짓말처럼 과거의 당신과 지금의 당신이 만나고 얽혀 전혀 새로운 당신을 빚어내는 광경을 마주하게 될 것이다. 이처럼 신비롭고 상서로운 일에 마음을 내 보시지 않겠는가?

1부
___

산책의 종말과
산책자의 도시

휴식, 건강, 자유, 해방
사유, 철학, 저항이라는 놀라운 단어들을
한꺼번에 품을 수 있는 도시로
우리나라에서 경주 말고
어디를 언급할 수 있겠는가?

산책의 종말과 쓸모

차가 생기기 전 우리 모두는 뚜벅이였다. 집에서 나와 버스 정류장이나 지하철역까지 뚜벅뚜벅 걸었고, 버스나 지하철에서 내려 목적지까지 다시 뚜벅뚜벅 걸어서 갔다. 집에 돌아올 때도 마찬가지였다. 그랬던 우리가 요즘은 도무지 걷지 않게 되었다. 자가용 차량의 보급이 불러온 비극이다. 특히 지방에서는 그 사정이 더 심해서 집 앞에서 차에 올라 주차장에 딱 도착할 수 있는 식당을 선호하는 경향이 뚜렷하다. 형편이 이러니 다들 걷지 않는 게 당연해지고 말았다.

다행히 근래 '걷기 열풍'이 전국적인 현상이 되면

서 '걷기'에 대한 관심이 높아졌다. 건강을 위한 걷기, 관광을 위한 걷기, 지역 사회의 소통을 강화하는 걷기 등 다양한 목적의 걷기 바람이 불었다. 그런 분위기에 발맞추어 지자체마다 앞다투어 걷는 길을 조성하고 있다. 제주 올레길이 그 시초라고 할 수 있을 텐데 내가 살고 있는 포항만 하더라도 '철길숲 Forail'이라는 이름의 걷는 길이 생겼다. 2015년 KTX 포항역이 시내 외곽으로 이전해 나가면서 생겨난 폐철도부지를 걷는 길로 조성한 것인데 포항의 남과 북을 연결하는 약 7km 가량의 멋진 길이 만들어졌다. 건축학자 유현준은 요즘 새롭게 만들어지는 공원 트렌드는 원형이 아니라 길쭉한 모양, 곧 선형 線形 이라고 했다. 그 좋은 예로 홍대 앞 연남동과 마포구 공덕동을 연결하는 '경의선 숲길'을 들었고, 해외 사례로는 조성된 지 오래되었지만 파리의 콩코르드 광장과 개선문을 연결하는 '샹젤리제 거리 Champs-Élysées'를 꼽았다. 나는 2023년 여름에 '샹젤리제 거리'를 혼자 걸었던 적이 있다. 개선문에서 콩코르드 광장 방향으로 걸었는데 약 1.8km의 직선

경주를 걷는 게 좋아

대로를 혼자 걷는 즐거움은 대단했다. 엄청나게 넓은 인도는 오가는 다채로운 인종의 사람들로 붐볐고, 길 양편으로는 명품부터 스포츠 브랜드에 이르기까지 다양한 상점들이 즐비했다. 등 뒤로 점점 멀어져 가는 개선문을 보기 위해 종종 뒤를 돌아보면서 마주 걸어오는 사람들 사이를 지나 오랑주리 미술관 Musée de l'Orangerie 까지 눈부신 파리의 태양 아래 콧노래를 부르며 걸었던 기억은 지금까지도 생생하다. 선형의 긴 공원이 조성되면 평소 걸어서 만날 일이 없던 사람들 간의 소통이 이루어질 뿐만 아니라 길 양편으로 상가가 활성화되어 도시 경제에도 활력을 가져온다는 말은 사실인 듯 보였다. 샹젤리제 거리의 상가 활력은 두말할 필요가 없이 대단했고, 포항 철길숲 양편으로도 수많은 상점이 생겨나 성업을 이루고 있으니 말이다.

이처럼 오늘날 인구의 대다수가 도시에서 생활하는 현대인들에게 '도시 산책'은 당연한 일이 되었지만 사실 그 콘셉트의 역사는 길지 않다. 도시 문화를 연구하는 독문학자 이창남은 《도시와 산책자》

에서 이렇게 말했다.

"산책자 모티프는 유럽에서 장 자크 루소 Jean-Jacques Rousseau 의 《고독한 산책자의 몽상》에서부터 시작해서 발터 벤야민 Walter Bendix Schönflies Benjamin 의 《파사주 작품》에 이르기까지 오랜 전통을 갖고 있다. 그러나 19세기 말에서 20세기 초 유럽에서 대도시가 형성되면서 사색에 잠길 수 있는 고요한 산책은 종언을 고한다. 한때 거북이를 이끌고 거리에 나와서 거니는 산책은 느린 보행으로 특징지을 수 있는 행동양식이었다. 그러나 19세기 말의 도시 발달로 그러한 보행이 더 이상 가능하지 않은 시대가 도래했다. 도시를 가로지르는 넓고 거대한 관통대로가 뚫리고, 수많은 익명의 대중들이 낯선 얼굴로 마주치는 도시의 거리는 더 이상 전통적 의미의 산책에 적합하지 않은 곳이 되었다."

유현준 교수가 좋은 예로 들었고 내가 직접 걸었던 샹젤리제 거리를 걷는 일은 엄밀한 의미에서 루소의 사색적 산책이 될 수 없다는 말이다. 왜냐하면

경주를 걷는 게 좋아

파리는 이미 대도시이고, 루소식의 전통적인 고요한 산책은 대도시가 형성된 19세기 말부터 이미 사라지고 만 일이 되었기 때문이다. 백여 년이 흐른 오늘날의 도시는 더욱 거대해졌고, 사람들의 생활은 더욱 바쁘고 분주해졌으니 루소식의 산책은 완전한 종말을 고했어야 했을 것이다. 하지만 과연 그러한가? 아니다. 그간 종말을 맞이하여 잊혔다고 생각했던 루소식의 산책이 도시에서 새롭게 시도되고 있기 때문이다.

19세기 말부터 사라지기 시작했다던 그 산책이 21세기에 어떻게 다시 추구될 수 있었을까? 여전히 남아 있던 소수의 산책자들 덕분이다. 그 대표주자가 바로 버지니아 울프였다. 19세기 말부터 도시에 사는 사람 대부분이 자본가들이 만든 상가건물 파사주(아케이드)의 지붕 아래를 배회하느라 전통적 방식의 산책을 멀리하게 되었다는 것이 사실일지라도 여전히 "런던을 걷는 게 좋아"라며 대도시 런던의 이곳저곳을 산책하기를 멈추지 않은 이들이 있었다는 건 얼마나 다행한 일인가! 더구나 이제는 도시 전체가 파사주가 된 마당이지만 여전히 버지니아 울프처럼 산책의 의미와 가치, 효용에 눈 뜬 이들이 있다는 사실은 변하지 않는 인간의 본질을 생각하게 만든다.

사실 장소가 어디가 되었든 '걷는 행위'는 사회학적 분석의 대상이기 이전에 인류학적 차원의 문제이다. 대도시가 만들어지고 사람들의 일상이 과거와 비교할 수 없을 정도로 빠르게 돌아갈지라도 인간은 본질적으로 '걷는 인간', 호모 비아토르 homo viator 이기 때문이다. 걷고자 하는 인간의 본질적 욕구를 대도시가 만들어 내는 분주함이 다소간 앗아갈 수는 있겠지만 영원히 억누를 수는 없다. 얼마 전 자주 가는 동네 카페에서 옆자리에 앉은 이들의 이야기를 우연히 듣게 되었는데 허리와 골반의 문제로 수술을 앞둔 그분은 슬픈 얼굴로 "지난주에는 가족들과 식당에 가려는데 너무 아파서 한 발짝도 옮길 수가 없었어. 그래서 결국 식당에 가지 못했지. 걷지 못하니까 삶의 질이 바닥이 아니라 지하로 내려가는 것 같아. 술은 안 마시면 그만이고 골프도 안 치면 그만이지만 걷지 못하니까 이건 사는 게 아니더라."

라고 말했다. 맞다. 아무리 과학 기술이 발달하고 교통수단이 다양해진다고 하더라도 인간은 걸어야만 하는 존재, 걷고자 하는 욕망으로 가득 찬 존재인 것이다. 그러니 아무리 대도시가 발달하고 각종 소음이 도시를 가득 채운다고 할지라도 걷고자 하는 본원적 욕망에 추동된 사람들은 대도시의 혼잡과 소음 속으로 걸어 들어갈 것이고, 두리번거리며 외부로 향하던 시선을 어느 순간 내부로 돌리며 숨 가쁘던 도시적 호흡에서 벗어나 느린 호흡과 걸음으로 루소식의 사색적 산책을 시도할 것이다. 런던의 버지니아처럼.

그녀는 1934년 8월 30일 일기에 이렇게 썼다.

"어제는 아주 보람 있는 하루였다. 글 쓰고 산책하고 책을 읽었다."

글을 쓰고 책을 읽는 것은 작가인 그녀에게 당연한 일이었다. 하지만 만약 글을 쓰고 책을 읽는 행위들 사이에 '산책'이 없었더라도 그날을 '보람 있는 하루'라고 불렀을까? 아마 아닐 것이다. 그녀는 글을 쓰고 책을 읽지 못한 날이라도 런던을 산책한 날이었다면 '보람 있는 하루'였다고 말했을 사람이다. 버지니아에게 '산책'은 그만큼 중요한 일이었다. 당시 세계 최대의 도시 중 하나로 이미 도시 전체가 파사주로 바뀐 20세기 초반의 메가시티 런던에서 여전히 루소식의 18세기적 산책을 시도하고 있는 버지니아를 보라. 산책이 종말을 고한 시대를 넘어 산책의 쓸모를 재발견한 오늘날 우리의 고백도 버지니아와 다르지 않다. 물론 아직 모든 사람이 산책의 쓸모를 충분히 발견했다고 할 수는 없지만 말이다.

이제 대도시에서의 산책은 일상을 풍요롭게 하는 필수적 행위가 되어 가고 있다. 각종 스트레스와 질병에 시달리고 있는 현대 도시인들에게 산책은 최고의 치유책이다. 책을 읽고, 글을 쓰고, 음악을 듣고, 운동을 하는 등 힐링을 위한 다양한 방법들이 존재하지만 그중에서도 산책은 대체 불가의 행위라고 할 수 있다. 몇 해 전 아랫배가 차가운 기분이 들어 한의원을 찾았던 적이 있었다. 사려 깊게 맥을 짚

    경주를 걷는 게 좋아

으시던 한의사 선생님의 처방은 자주, 햇볕 아래에서, 소요하라는 것이었다. 소요 逍遙 라는 단어의 사전적 의미는 '정한 곳이 없이 슬슬 거닐어 돌아다니는 것'인데, 목표를 정하고 바쁘게 살아가는 현대인들의 삶의 방식과 정반대의 행위를 처방으로 내놓은 한의사 선생님의 혜안에 놀랐다. 더구나 그분은 진료비조차 받지 않으셨다. 그날 이후로 나는 시간이 나는 대로 틈틈이, 또 일부러 시간을 내어 길게 소요하고 있다. 볕 좋고 바람 좋은 날 일삼아 소요하는 일은 단지 치유만을 위한 일이 아니다. 21세기 나의 소요는 치유의 차원을 넘어 20세기 버지니아와 18세기 루소에게까지 거슬러 오르는 일이다. 이제 '산책의 종말'이라는 말은 '종말'을 맞아야 한다. 도시의 발달이 불러온 비극이 희극으로 전환되기 시작했기 때문이다. 걷고, 산책하고, 소요하고자 하는 인간들의 끊임없는 시도에 찬사를 보낸다. 도시가 내뿜는 혼탁한 욕망의 악취가 즐겁게 도시를 산책하는 이들의 상쾌한 욕망에 의해 향기로워지기를 간절히 바란다. 나도 그 일에 일조해 보려고 한다

산책자의 도시 경주

산책은 한자로 흩을 산, 채찍 책을 써서 **散策**이라
쓴다. 산 散 은 '흩다, 헤치다, 풀어놓다' 등의 뜻이 있
다고 하는데 그중에서 '풀어놓다'라는 뜻이 가장 적
합한 의미라고 할 수 있겠다. 책 策 은 '채찍, 채찍질
하다, 지팡이' 등의 뜻을 가지는데 여기서는 '지팡
이'라는 뜻이 가장 적절한 조합이라 하겠다. 그러니
까 표준국어대사전에서 정의하고 있는 '휴식을 취하
거나 건강을 위해서 천천히 걷는 일'인 산책은 '단단
하게 묶인 어떤 상태에서 풀려나 지팡이를 짚고 천
천히 걷는 행위'라고 이미지화할 수 있다. 목적 지향
적인 행군이나 달리다시피 걷는 경보와는 전혀 다

   경주를 걷는 게 좋아

른 형식의 걷기인 것이다. 산책은 자신을 옭아매는 각종 의무와 과업에서 놓여난 사람이 자유와 해방의 상징인 지팡이를 짚고 천천히 주변을 둘러보면서 걷는 행위를 의미한다.

긴장감, 긴박감과는 거리가 먼 이 산책에 목적이 전혀 없는 것은 아니다. 일단 산책에는 휴식, 건강이라는 사전적 목적이 있다. 산책은 일이 아니므로 휴식이 되고, 천천히 걷다 보면 자연스레 건강해질 테니 이 사전적 목적은 쉽게 달성된다. 그뿐 아니라 산책에는 사유, 성찰 같은 철학적인 목적도 있다. 함석헌은 《저항의 철학》에서 영어에 'resist'가 없었다면 영어를 배우지 않았을 것이라고 말한 적이 있다. 그는 '저항하다'라는 이 영어 단어가 세상 모든 단어 중에서 가장 '젊은 단어'라고 칭송했는데 나는 이 표현이 무척 마음에 들었다. 생각해 보면 마하트마 간디 Mahatma Gandhi 나 마틴 루터 킹 주니어 Martin Luther King Jr. 같은 사람들의 비폭력 저항의 주된 방식도 산책의 핵심 요소인 '걷기'였다. 1930년 3월 12일 영국 정부의 소금 독점과 과세에 대한 저항의 목적으로 이루어진 간디의 '소금 행진'이나 1963년 8월 23일 노예 해방 100주년을 맞아 진행된 미국 흑인들의 '워싱턴 행진'을 떠올려 보라. 인간들의 집단적인 걷기에는 저항의 뉘앙스가 짙게 묻어난다. 함께 걸으며 형성된 아우라 Aura 는 이 저항의 발걸음들을 축복하는 신비로운 힘이 된다. 저항이라는 인간의 숭고한 행위는 언제나 사유의 결과물이다. 저항이라는 행위가 초래할 풍파와 고초를 예상하면서도 기꺼이 저항을 선택하는 이들의 누적된 사유는 철학의 차원으로 옮아간다. 함석헌의 말대로 '저항'이 가장 젊은 단어라면 저항의 표현이랄 수 있는 '걷기' 또한 가장 젊은 행위라 할 수 있다. 그렇다면 걷기를 핵심 요소로 하는 '산책'도 저항이라는 단어와 마찬가지로 가장 '젊은 단어'에 속할 것이다. 지금까지 '산책'이라는 단어에서 내가 맡은 '볕의 향기'와 내가 느낀 '생기의 약동'에는 다 이유가 있었던 셈이다. 가장 젊은 단어의 목록에 '산책'을 추가하자는 내 제안에 함석헌 선생님도 흔쾌히 동의하시지 않을까?

산책에 깃들어 있는 철학적 목적을 가장 잘 보

여준 것은 그리스의 철학자 플라톤과 아리스토텔레스이다. 그리스의 철학자들은 대부분 거닐면서 철학을 공부했는데 그중에서도 아리스토텔레스는 특별히 소요자 逍遙者 라는 별명을 얻을 만큼 압도적으로 거닐며 철학 하는 사람이었다. 특히 그들은 '체육관에서 철학한 사람들'이라고 프랑스의 철학자 로제폴 드루아 Roger-pol Droit 는 말했다.

"얼핏 보면 체육관에서 철학한다는 게 기이하게 느껴진다. 어쨌든 통상적으로 성찰하려고 체육관을 찾지 않는 우리에게는 더더욱 그렇다. 그리스인들, 적어도 귀족들은 신체를 단련하기 위해 일상적으로 체육관을 드나들었다. 그들은 레슬링, 권투, 판크라티온 등을 완전히 벌거벗고 연습했고, 올리브유와 고운 모래를 몸에 발랐다. 우리가 무엇보다 이론가들로 여기는 이 청년 철학자들은 매일 몸을 단련하는 스포츠맨이었다. 그러니 체격이 건장했다. 별명이었던 '플라톤'은 '넓은 사람'을 의미한다. 아마도 그의 이마나 생각보다는 그의 가슴팍이 넓다는 뜻으로 보인다. 아리스토텔레스는 오랫동안 그런 플라톤의 최

고 학생이었고, 수제자이자 영적 아들이었다. (중략) 그러니까 아리스토텔레스는 아침 일찍, 때로는 몇 시간 동안이나 걸으면서 성찰하고 말하는 습관 때문에 '소요자'라는 별명을 갖게 되었다."

정말 멋진 광경이다. 사람들이 칭송해 마지않는 서양 철학의 아버지들이 가슴팍이 넓은 스포츠맨들이었다니. 어쩌다 오늘날의 철학자들은 이와 정반대의 이미지를 가지게 되었을까? 오늘날 당장 떠오르는 철학자의 모습은 왜소한 체격에 창백하고 차가운 인상의 소유자들이 아닌가. 드루아의 설명을 듣고 나니 갑자기 플라톤이 친근하게 느껴졌다. 그가 즐겼던 스포츠가 과격한 격투기 종목이었다고 생각하면 정신이 번쩍 든다. 평소 과격한 스포츠를 사랑하는 나도 철학자가 되기에 부족함이 없구나 싶어 갑자기 가슴이 웅장해진다. 몸과 정신이 연결되어 있다고 여겼던 그들이 신체만 단련한 것이 아니라 오래도록 걸으면서 성찰하고 대화했다는 사실은 나를 한 번 더 들뜨게 했다. 아침 일찍 체육관을 거닐면서 몸을 단련하기 전에 먼저 정신을 단련했던 그들은 몸만 아니라 정신까지도 온통 울퉁불퉁한 이들이었다.

몇 년 전 지인들과 함께 '울퉁불퉁 인생 학교'라는 이름의 공부 모임을 시작했다. 일명 '울불인'이라고 부르는데 모임 이름을 이렇게 붙인 이유는 우리네 인생길이 잘 닦여진 직선대로가 아니라 울퉁불퉁하고 거친 비포장길이라는 생각 때문이었다. 이런 비포장 인생길을 잘 걸어가기 위해서는 지속적인 공부가 필요하기에 인생살이에서 가장 중요한 주제들을 골라 꾸준히 공부하기로 했다. 첫 학기 주제는 '죽음'이었다. 다음 학기에는 '생태', 그다음 학기에는 '정치'를 공부했다. 이런 식으로 관련 주제에 관한 중요 서적들을 조사하고, 그중에서 가장 적합한 책을 골라 함께 읽고, 돌아가면서 요약 발표하고, 토의 토론을 이어가면서 학기 마지막에는 에세이를 작성해서 서로 공유하는 방식이었다. 몇 년 동안 이렇게 공부하면서 생각의 지평이 많이 넓어졌고, 삶에서 정말 중요한 것이 무엇인지 다방면으로 고찰해 볼

수 있었다. 또한 우리 울불인의 주제곡은 싸이 PSY 의
'강남스타일'이다.

　　"나는 사나이 점잖아 보이지만 놀 땐 노는 사나이 때
가 되면 완전 미쳐 버리는 사나이 근육보다 사상이 울퉁
불퉁한 사나이 그런 사나이."

　　'근육보다 사상이 울퉁불퉁한 사나이'라는 가사
가 내 가슴에 팍 꽂혔다. 하지만 싸이도 플라톤이
이름이 아니라 별명이었다는 사실은 몰랐던 것 같
다.(그의 본명은 '아리스토클레스'였다.) 우리는 '강남스타일'
을 부르고, 플라톤을 본받아 '근육만큼이나 사상이
울퉁불퉁한 사나이'를 지향한다.
　　《발터 벤야민과 도시 산책자의 사유》에서 독문
학자 윤미애는

　　"보들레르 Charles Pierre Baudelaire 가 걸었던 파리는 이미
산책자의 도시로 유명했다."

라고 썼다. 나도 파리 못지않게 각종 산책의 목적과 미덕이 가장 잘 구현되는 도시인 경주를 '산책자의 도시'라 명명하고자 한다. 휴식, 건강, 자유, 해방, 사유, 철학, 저항이라는 놀라운 단어들을 한꺼번에 품을 수 있는 도시로 우리나라에서 경주 말고 어디를 언급할 수 있겠는가? 경주는 동아시아 최고의 지성 중 하나였던 신라의 고승 원효가 거닐던 곳이요, 구한말 구미산 용담정에서 도를 깨친 동학의 창시자 수운 최제우와 보국안민 輔國安民, 제폭구민 除暴救民, 척왜척양 斥倭斥洋 의 기치를 내걸고 일어났던 동학농민혁명에서 동학교도들의 총궐기를 명령했던 해월 최시형을 배출한 도시다. 우리 역사에서 원효와 같은 자유로운 영혼이 어디 있으며, 수운과 해월 같은 혁명적 사상가가 또 어디에 있는가? 하여 나는 경주를 역사와 문화의 도시, 관광과 여행의 도시, 자유와 해방의 도시, 사유와 철학의 도시, 저항과 변혁의 도시로 부르기를 주저하지 않는다. 그리고 이 모든 것들을 함축하는 표현으로 '산책자의 도시'를 제안한다. '산책'이라는 단어 속에 이 모든 의미가 함

   경주를 걷는 게 좋아

축되어 녹아 있다고 믿기 때문이다. 경주는 아테네와 런던, 파리와 베를린 못지않은 산책자의 도시다. 경주를 산책하다 보면 원효와 수운, 해월을 만날 뿐 아니라 아테네를 걷던 플라톤과 아리스토텔레스, 런던을 거닐던 울프, 파리를 산책하던 보들레르, 베를린을 소요하던 벤야민도 만나게 된다. 그들과 조우하며 경주를 산책하다 보면 어느새 우리도 가슴팍이 넓고 근육과 사상이 울퉁불퉁한 사람이 되어 갈 것이다. 경주를 산책하다가 호기롭게 바디 프로필을 찍는 날이 오길 기대해 본다.

 경주를 걷는 게 좋아

2부

시간과 공간

우리보다 훨씬 크고 오래 살아온

나이 든 소나무들이

우리를 넌지시 내려다보면서

건네는 따뜻한 위로가 들릴지도 모른다.

경주의 새벽

날이 밝아온다는 뜻의 아름다운 우리말 '새벽'은 그 속에 희망을 품고 있다. 저녁 해가 서쪽 바다 아래로 떨어지면서 찾아왔던 어둠의 시간이 지나고 다시 해가 동쪽 바다에서 떠오르기 전 아직 어둠이 다 물러가지 않은 어둑어둑한 시간. 사람들은 "밤이 깊을수록 새벽이 가까워져 온다."라는 말로 새벽 속에서 희망을 더듬어 찾았고 밤으로 표상되는 시대의 어둠을 견디고 버텨왔다. 많고 많았던 어둠, 그 캄캄했던 흑암의 세월을 건너올 수 있었던 것은 새벽이라는 말 속에 숨겨진 희망의 실체를 찾고자 쉬지 않았던 이들이 많았기 때문이다. 이는 우리 근현대사가 잘

보여준다.

　어려서부터 나는 새벽형 인간이었다. 비교적 아침잠이 적어서 일찍 일어나는 편이었고, 일어나면 으레 신선한 공기를 찾아 집 밖으로 나서기 일쑤였다. 골목길을 벗어나면 펼쳐지던 들판에서는 봄이면 물 댄 논에서 기분 좋게 비릿한 물 냄새가 났고, 가을이면 마른 볏짚에서 고소한 냄새가 났다. 그 모든 냄새는 새벽이라는 시간과 버무려져 원래 가진 냄새와 조금 다른 냄새가 되어 내 코를 가득 채웠다. 인적이 드문 새벽, 홀로 들판을 걷는 일은 나의 오감을 깨어나게 했고 나는 그 새벽 그 공간을 가득 채우고 있는 냄새와 소리, 얼굴을 스치는 바람과 가끔 만나는 안개로 늘 즐거웠다. 내가 특히 좋아했던 새벽은 한겨울 밤새 눈이 내린 다음 날 새벽이었다. 아직 아무도 밟지 않은 순결한 눈이 눈앞에 쫙 펼쳐지는 풍경은 경이로웠다. 뽀도독 소리로 가득했던 새벽녘 눈 덮인 나만의 들판. 누가 먼저 밟을까 봐 급한 마음으로 논마다 한 발짝씩 남기며 온 들판을 이리저리 걸어 다녔던 나는 깊은 만족감을 느끼며

경주를 걷는 게 좋아

집으로 돌아오곤 했다. 아침을 먹고 등굣길에 나서면 많은 사람이 지나다녀 이미 더럽혀진 길 위의 눈들이 새벽과는 전혀 다른 물질처럼 느껴졌고 더럽혀지지 않은 순결한 눈을 잠시 소유했던 새벽 시간이 더욱 소중하게 생각되었다.

내 한여름의 새벽은 겨울과 달리 종종 생산적인 활동으로 이루어졌다. 사냥의 본능이 남아 있어 남자들은 지금도 낚시를 그렇게 많이 하는 것인지 우리 국민이 가진 취미 중 가장 많은 동호인을 보유한 분야가 낚시라고 한다. 지금의 나는 낚시를 즐기지 않지만 어린 시절의 나는 상당한 실력의 능숙한 민물고기 사냥꾼이었다. 특히 미꾸라지를 잡는 능력이 탁월했는데 장대비가 쏟아지는 장마철이나 태풍이 한바탕 쓸고 지나간 다음 날 새벽에 미꾸라지 사냥에 나서곤 했다. 그래서 한여름 비가 많이 오는 밤이면 내일 새벽에 만날 미꾸라지들을 생각하면서 잠들곤 했다. 헌 운동화에 비옷을 걸친 나는 능숙한 사냥꾼답게 엄마에게 목표 어획량을 말씀드리고 반도와 양동이를 챙겨 들고서 어둑한 골목길을 지나

들판 도랑으로 나섰다. 곧 온통 젖을 것이어서 일부러 물웅덩이를 가로질러 걸었고, 비옷 위로 떨어지는 빗방울의 소리를 듣고 얼굴에 흩날리는 빗물의 감촉을 즐겼다. 나는 폭이 크고 깊은 봇도랑에서 작은 도랑으로 물이 흘러나오는 곳, 논에서 도랑으로 물이 빠지는 곳, 수풀이 무성해 미꾸라지가 숨을 곳이 있는 곳 등을 찾아 반도를 대고 발로 도랑 양가를 샅샅이 휘저었다. 흙탕물이 반도를 통과해 멀어질 때쯤 반도를 내 앞으로 끌어당겨 들어 올리면 황금빛 미꾸라지부터 올챙이, 장구애비까지 다양한 생명체들이 그득했다. 특히 잘 잡히는 날은 100마리 정도 잡는 데 채 1시간도 걸리지 않았다.

사냥이 끝나면 미꾸라지로 가득찬 양동이를 득의양양한 표정으로 엄마 손에 넘겨 드리고 따뜻한 물로 샤워한 후 새옷으로 갈아입었다. 그런 날 아침밥은 늘 평소보다 맛있게 느껴졌다. 이렇게 생산적인 새벽 사냥을 마치고 학교에 갔다가 돌아오면 저녁상에는 어김없이 엄마표 경상도식 추어탕이 올라왔다. 시래기와 토란 줄기를 많이 넣고 푹 끓인 추어

탕에 다진 마늘과 청양고추, 제피 가루를 넣어 먹으면 정말 맛있었다. 거기다 덤으로 가족들의 칭찬도 한 숟가락 들어 있었으니 얼마나 좋았겠는가. 어떤 날은 엄마와 같이 가기도 했고, 또 어떤 날은 누나들과 같이 나서기도 했던 기억이 난다. 참으로 자존감이 높아지는 행복한 새벽이었다.

나의 겨울 새벽과 여름 새벽의 추억이 고유하듯 사람들은 저마다 어떤 시간에 대한 특별하고 고유한 기억을 가지고 있다. 그 고유한 시간성에 특정한 장소라는 공간성이 합해져서 사건이 만들어지고 우리의 기억을 채우게 된다. 경주에서 맞이하는 다양한 시간 중에서 특별히 새벽 시간을 사람들은 어떻게 기억하고 있을까?

경주가 선사하는 새벽 풍경은 다채롭다. 장소별, 계절별로 다르다. 새벽녘 경주역과 시외버스 터미널의 풍경, 성동시장과 중앙시장의 풍경, 황성공원과 흥무공원의 풍경, 불국사와 기림사의 풍경, 대릉원과 동궁 월지의 풍경, 남산과 토함산의 풍경, 국립경주박물관과 솔거미술관의 풍경, 문무대왕릉과 감포항 수산물 경매장의 풍경을 떠올려 보라. 여기에 개인의 특별한 감성이 더해질 터이니 경주의 새벽은 천의 얼굴을 하고 있을 것이다.

내가 살던 동네의 새벽은 나에게 늘 자부심을 가지게 했다. 어둠이 걷히고 사위가 밝아오면서 가장 먼저 눈에 들어오는 먼 풍경은 남쪽으론 남산, 서쪽으론 선도산, 북쪽으론 남천과 월성, 동쪽으론 도당산이었다. 어느 방향으로 둘러보아도 유구한 역사가 서려 있지 않은 곳이 없다. 삼국사기와 삼국유사를 채우고 있는 많은 이야기가 이 공간을 배경으로 한다. 나는 이 장엄하고 유구한 신라 역사의 한복판에 살게 된 것을 고마워한다. 탑동이 지금은 평범한 서민들의 주거지이지만 신라 시대에 이곳은 왕들과 최치원, 김유신같은 신라의 귀족들이 살고 행차하던 특별한 곳이었다.

옛사람들은 남산을 큰 거북이 형상이라고 보았는데 도당산은 그 거북이의 머리에 해당한다. 왕이 있던 월성을 바라보며 거북이가 엎드려 있고 그 거북이의 머리가 놓인 아래 동네이니만큼 상서로운 왕

 경주를 걷는 게 좋아

과 귀족의 땅이었던 셈이다. 박혁거세가 태어난 나정과 박혁거세가 죽어 묻힌 오릉에 둘러싸인 곳이니 더 말해 무엇하랴. 더구나 신라의 화랑들, 그 십대의 귀족 자제들은 새벽마다 신체를 단련하고 자기를 성찰했었다. 나는 나의 새벽도 그들의 새벽 같기를 바랐다. 내가 가진 호연지기 浩然之氣 가 있다면 그 대부분은 이곳에서, 그리고 새벽 시간에 형성되었다고 할 수 있겠다.

나의 새벽 산책 코스는 주로 들판을 지나 도당산 자락을 거니는 것이었다. 도당산에는 지금도 토성 土城 의 흔적이 남아 있는데 신라 시대 이곳에는 토성이 있었다. 도당산 자락으로 완만하게 기울어진 들판 길을 오르면 맞은 편으로 오릉과 선도산이 보이고 오른편으로 남천과 교촌, 경주 시내가 눈에 들어온다. 아직 본격적으로 하루가 시작되기 전 여전히 침묵과 고요가 남아 있는 시간, 그곳의 풍경은 아름다웠다. 또한 이곳은 선도산 뒤로 넘어가는 해를 보기 좋은 노을 맛집이기도 한데 나는 학교 수업을 마치고 친구들과 들판에서 놀다가 저녁놀을 물끄러미 바라본 적이 많았다. 특히 늦가을 바람에 흔들리는 억새 사이로 비춰 드는 노을빛은 무척 아름다웠다. 친구와 함께 동네 풍경을 그리는 숙제를 하기 위해 도당산 자락에 앉아 그림을 그리다 보았던 노을도 생각이 난다. 그때 우리는 어린아이였지만 아름다움을 알아차리기에 충분했다.

우리는 일생에 몇 번 바다에서 떠오르는 해를 보기 위해 이른 새벽에 일어나 바닷가로 나가는 경험을 한다. 특히 인생의 한 과업이 끝나고 마디를 짓고자 할 때 그렇게 하는 경우가 많은데 떠오르는 해를 보면서 묵은 것을 보내고 새것을 받아들이는 엄숙한 다짐을 마음속으로 하곤 한다. 그러나 해가 갈수록 송구영신送舊迎新 하는 우리의 자세도 느슨해지는 것 같다. 그러다 보면 자기를 돌아보고 성찰하는 시간, 그 세심洗心 의 시간이 확연히 줄어들고 그저 밥벌이의 지겨움을 끌어안고 체념을 일상화하면서 살아가게 되기 일쑤다.

그런 일상의 버거움 속에서 잠시 시간을 내어 경주로 여행을 올 수 있다면, 사람들로 가득한 황리단

 경주를 걷는 게 좋아

길이나 유명한 카페, 보문관광단지나 경주월드를 찾는 것만으로는 충분하지 않다. 아직 어둠과 고요가 남아 있는 새벽 시간, 아름드리 소나무가 빽빽하게 들어차 있는 서남산 삼릉과 경애왕릉을 찾아보시라. 새벽에 어울리는 침묵을 유지한 채 소나무 사이를 천천히 걷다 보면 낮에는 듣지 못했던 소리, 맡지 못했던 냄새, 느끼지 못했던 서정 抒情, 하지 못했던 상상을 하게 되면서 마음이 깨끗하게 씻기고 맑아지는 경험을 하게 될 것이다. 특히 삼릉과 경애왕릉 사이를 가르는 계곡에 깨끗한 물이 흐를 때면 금상첨화 錦上添花 다. 물이 돌에 부딪혀 만들어 내는 음악 소리는 우리 마음에 특별한 울림을 만들어 내고, 딱딱하게 뭉친 어깨처럼 부드러움을 잃어버려 경직된 마음을 부드럽게 풀어 줄 것이다. 삶은 그저 견디기만 하는 고된 노역이 아니라 축복이라는 사실과 우리 삶 곳곳에 숨겨져 있는 고마운 것들도 생각나게 해줄 것이다. 그때, 우리보다 훨씬 크고 오래 살아온 나이 든 소나무들이 우리를 넌지시 내려다보면서 건네는 따뜻한 위로가 들릴지도 모른다. "수고 많았

네. 이제부터는 조금 더 천천히 걸어가시게. 그래도
괜찮네. 새벽은 매일 다시 돌아온다네."

봉황대의 보름달

밤. 갑자기 '밤'이라는 단어가 낯설게 느껴진다. 초등학교 국어 시간에 먹는 밤과 자는 밤이 무엇이 다른지 배웠던 기억이 나는데 왜 갑자기 낯설게 느껴지는 걸까. '밤'이라는 글자를 타이핑 하고 잠시 잠깐 내가 글자를 잘못 썼나 생각했다. 분명 자는 밤은 짧은소리가 난다고 배웠고 나는 '밤에 밤을 먹는다.'라는 문장을 제대로 발음할 수 있는데 말이다. 불문학자 황현산이 쓴 산문집 《밤이 선생이다》에서의 '밤'도 짧은 밤이고, IU의 노래 <밤 편지>에서의 '밤'도 짧은 밤인데 왜 나는 이 짧은 '밤'자를 처음 배운 것처럼 신선하게 느끼고 있는가.

 경주를 걷는 게 좋아

수업 시간에 늘 자던 친구가 있었다. 그 친구는 밤에 집에서 잠을 자지 않아서 낮에 학교에서 자는 거라고 했다. 나는 그 솔직하고 순진무구한 답변이 좋았는데, 더 좋았던 건 밤에 잠을 자지 않는 이유였다. "잠을 자버리기에는 밤이 너무 아깝다."한다. 우와! 그 말을 듣는 순간 "너, 시인이구나!" 하는 말이 나도 모르게 튀어나왔다. 잠으로 보내 버리기에는 밤이 너무 아까운 그 친구는 그 고요한 밤에 이것저것 오직 자기만 아는 행복한 활동들을 하면서 보냈을 것이다. 비록 수업 시간에 잔다고 많이 혼났지만 그 친구는 행복할 줄 아는 현인이 분명하다.

에디슨이 전구를 발명한 1879년 이전까지 인류는 빛이 사라진 밤에 생산적인 활동을 하지 못했다. 기껏해야 달빛이나 반딧불, 호롱불이나 촛불의 희미한 빛에 의지해 짧은 시간 단순한 노동을 했을 뿐 제대로 된 활동을 할 수 없었다. 그래서 전구의 발명 이전까지 사람들에게 밤은 고된 노동에서 해방되는 쉼과 안식의 시간이었다. 그런데 전구가 발명되고부터는 안식의 밤이라는 의미는 쇠퇴하고 인공의

빛 아래서 맞는 두 번째 노동의 시간으로 인식되기 시작했다. 저 현인 친구처럼 불을 밝혀두고 자기만의 행복한 비생산적 활동에 몰두하는 멋진 사람들도 생겨났지만 대개는 밤에도 대낮같이 등불을 밝혀 놓고 낮에 하던 생산활동을 지속해야만 하는 불야성 不夜城 의 시대가 도래한 것이다. 이것은 밤이 원래 가지고 있던 안식과 고요, 침묵과 신비의 모든 가능성을 앗아가 버린 시대가 도래했다는 말이기도 하다.

낮에는 결코 느낄 수 없는 신비로 가득한 밤을 가장 잘 누리는 방법은 사람마다 다양하다. 분위기 있는 작은 불을 밝히고 편안한 소파에 기대어 음악을 듣거나 영화를 보는 이, 스탠드 불빛 아래 밤이 깊어 가는 줄도 모르고 책 속에 빠져드는 사람도 있을 것이다. 밤에만 찾아오는 특별한 영감을 기대하며 글을 쓰고, 작곡하고, 붓을 드는 작가들도 있을 것이다. 그리고 나처럼 어둠이 가득 들어차 있는 골목과 거리를 무작정 걷는 이들도 있을 것이다. 그러나 만약 경주에서 밤을 맞이하는 멋진 선택을 한 사

경주를 걷는 게 좋아

람이라면 경주의 신비로운 밤을 만끽할 수 있도록 밖으로 나가야만 한다. 숙소에 머물러 있어서는 결코 그 신비를 감지할 수 없다. 경주의 밤공기를 마시며 거리로 나서야 한다. 요즘 전국의 거의 모든 지자체가 야행 夜行 이라는 이름으로 갖가지 프로그램을 만들어 관광객을 유치하는데 열을 올리고 있다. 경주만 해도 10월에 경주문화원 주최로 '경주 문화유산 야행'이라는 프로그램을 교촌과 월정교 일원에서 열고 있다. 야경, 야로, 야설, 야사, 야화, 야시, 야식의 7야 15개 프로그램을 운영했는데 다른 지자체들도 이름만 다를 뿐 거의 비슷한 프로그램을 운영하는 것 같다. 이는 그 지역의 특별한 문화유산과 관광 자원을 최대치로 활용하기 위한 노력이기도 하지만 낮에 봤던 월정교와 밤에 보는 월정교의 정취가 다르다는 것을 알기 때문이기도 할 것이다. 지자체가 제공하는 야행 프로그램을 이용해도 좋겠지만 좀 더 은밀하고 좀 더 감동적인 경주에서의 밤을 경험하기 위해서는 혼자서, 혹은 서너 사람과만 나서는 게 좋다. 원래 진짜 멋진 일은 소소하고 은밀하게, 그리고 불현듯 찾아올 때가 많기 때문이다.

경주에는 수많은 문화유산이 있고 저마다 뿜어 내는 밤의 정취가 고유하고 대단하지만 나는 보름달이 높이 떠오른 밤에 노서동 고분군 일대를 서성이다 봉황대 나무 사이로 노란색 보름달을 바라보는 일을 즐거워한다. 검고 푸른 경주의 하늘을 배경으로 늠름하게 떠 있는 보름달을 봉황대의 푸른 잔디와 그 위에 크게 자란 느티나무 가지 사이로 바라보다 보면 생각지 못했던 신비로운 감정에 사로잡힌다. 약간 몽롱해지면서 시간이 멈춘 것 같은 기분도 느껴진다. 봉황대 뮤직 스퀘어에서 노래했던 가수 김윤아도 봉황대 앞에서 노래하는 일은 자신에게 매우 특별하고 신비로운 경험이었다고 했는데 이것은 정확한 표현이다. 만약 김윤아가 낮에 그 자리에서 노래했다면 결코 그런 감정을 느끼지 못했을 것이다. 오직 밤에만 느낄 수 있는 정취가 있기 때문이다.

봉황대. 이름이 '봉황총'이 아니라 '봉황대'여서 무덤이 아니라고 생각하기 쉽지만 봉황대는 분명

 경주를 걷는 게 좋아

누군가의 무덤이다. 무덤이니 서봉총처럼 무덤 총塚을 붙여서 봉황총이라 해야 마땅하겠지만 오래전부터 경주 사람들은 그곳을 높고 평평한 곳을 의미하는 대臺 자를 붙여 봉황대라고 불러왔고 이 명칭은 조선 시대까지 거슬러 올라간다. 천년도 더 된 신라의 이름 모를 어떤 이의 무덤 앞에서 상서로움을 느끼며 사람들은 지금도 노래하고 하늘을 올려다본다. 무덤의 주인이 바라보던 천 년 전 하늘과 달은 지금도 그대로이다. 미세 먼지를 조금 걷어 내고, 주변 상가의 휘황찬란한 조명만 걷어 낼 수 있다면 천년의 세월을 사이에 두고 그가 마지막으로 보았던 그 하늘과 달을 오늘 내가 그대로 보고 있다고 말해도 무방할 것이다. 이래서 나는 경주의 밤이 좋다. 이 연결된 느낌은 다른 도시에서 결코 맛볼 수 없는 경주만의 유구하고 독특한 정취이기 때문이다.

프랑스어 녹턴 Nocturne 은 '밤'이 주는 영감을 표현한 클래식 음악 장르를 이르는 말이다. 우리말로는 야상곡 夜想曲 이라고 번역하는 경우가 많은데 18세기 유럽 귀족들의 저녁 파티를 위해 작곡되어 연주

                              경주를 걷는 게 좋아

되기 시작하다가 19세기 들어 독자적인 장르로 발전했다고 한다. 가장 많은 녹턴을 작곡한 사람은 피아노의 시인 쇼팽 Fryderyk Chopin 인데 그는 무려 21개의 피아노 녹턴을 작곡했다. 18번까지는 생전에 출판되었고 나머지 세 곡은 유작으로 사후에 출판되었다. 로만 폴란스키 Roman Polanski 감독의 2003년 영화 《피아니스트》는 주인공 스필만 Wladyslaw Szpilman 이 바르샤바 라디오 방송국에서 녹턴 20번을 연주하던 중 방송국이 폭격을 맞는 장면으로 시작된다. 영화에서 가장 유명한 장면은 폐허가 된 건물에 숨어 살던 스필만이 순찰 중이던 독일군 장교에게 발각되고 그 장교의 요청에 따라 쇼팽의 발라드 1번을 연주하는 장면이다. 영화에서는 발라드 1번을 연주하는 것으로 연출되었지만 실제로 스필만은 회고록에서 밝히기를

"건반에 손가락을 대는 순간 손가락들이 경련을 일으켰다. 나는 쇼팽의 녹턴 C#-Minor를 쳤다. 제대로 조율도 안 된 피아노 줄의 탁한 울림이 텅 빈 집과 계단을

지나 길 건너편에 있는 빌라의 폐허에 부딪혀 맥 빠지고 우울한 메아리가 되어 돌아왔다."

라고 회상했다. 실제로도 그랬겠지만 영화에서는 몇 년 만에 처음으로 건반을 누르는 피아니스트의 떨림이 잘 표현되어 있다. 생존을 다투는 전쟁 통에 피아노를 연주할 수 없었던 것은 당연했고 더구나 숨어 지내는 형편에 피아노를 친다는 것은 목숨을 내놓는 일이여서 오직 상상 속에서만 연주할 수 있었던 스필만에게 독일군 장교는 실물의 피아노 건반을 누르도록 허락한다. 두려움 속에서 이루어지는 첫 번째 타건의 순간, 눌린 건반이 피아노 줄을 때려서 만들어 내는 소리가 다음 소리로 이어지고 멜로디와 리듬, 화성이 가미되면서 아름다운 음악이 되어 그 폐허의 공간을 가득 채울 때 잠시 잠깐이었지만 스필만은 자유를 느낀다. 더구나 밤의 아름답고 신비로운 정취를 표현한 녹턴을 연주했으니 얼마나 놀랍고도 낭만적인가. 조국 폴란드는 독일에 점령당했고 건물들은 파괴되었으며 자신은 폐허 속 텅 빈 건

　　　　　　　　　　　　　경주를 걷는 게 좋아

물에 숨어지내는 형편이고 지금 자기 앞에는 독일 군 장교가 앉아 있다. 하지만 스필만이 연주하는 쇼팽의 녹턴은 엄혹한 현실을 잠시 잊게 만들고 평화로운 시절 아름다운 밤의 정취를 떠올리게 한다. 억압당하고 모욕당하던 스필만의 인간성이 긍정되는 극적인 순간인 것이다.

경주의 밤. 봉황대 근처에 자리를 깔고 팔베개를 하고 누워 하늘에 뜬 달을 바라보면서 쇼팽의 녹턴을 감상하는 일은 경주의 밤이 뿜어내는 신비로운 정취를 누리는 가장 좋은 방법 중 하나이다. 물론 주변 상가의 빛 공해와 간간이 지나다니는 자동차 소리가 감상을 방해하기도 하지만 그 정도는 귀엽게 봐 줄 수 있는 넉넉한 마음이 돌아난다. 지금, 나는 여기 경주에, 그것도 봉황대에, 무엇보다 신비로운 밤에, 존재하고 있지 않은가.

황리단길의 추억

입동 立冬 이 지나고 만추 晚秋 의 기운이 완연한 11월 중순에 지인들과 경주 남산으로 주말 트레킹을 갔다. 지마왕릉 앞에 주차하고 잘 닦인 산길을 따라 담소를 나누며 금오정 金鰲亭 까지 올랐다. 함께 한 지인들은 짧게는 10년, 길게는 30년 만에 남산에 올랐다며 신기해했는데 내 경우에도 그동안 무수히 남산을 찾았지만 이 코스로 금오정에 오른 것은 오랜만이었다. 약 29년 전 어느 여름밤에 까까머리 친구들과 함께 버너와 코펠, 물과 라면을 준비하고 희미한 후레쉬 불빛에 의지해 남산에 올랐었다. 밤 9시가 조금 넘은 시각에 우리 집에 모여서 출발했는데 금오정에 오르니 거의 자정이 되어 있었다. 캄캄한 산속에서 가장 무서운 맨 앞과 맨 뒷자리에 플래시를 배치하고 서로 돌아가며 공포를 나눠 가지던 기억이 생생하다. 특히 맨 뒷자리가 가장 무서웠다. 앞으로 나아가야 하니 계속 뒤를 돌아볼 수 없는 노릇이었으니 말이다. 각종 농담과 합창으로 무서움을 겨우 이겨내고 무사히 금오정에 도착해 준비해 간 라면을 끓여 먹으며 호기롭게 떠들던 그날의 우리는 참 무모하고 용감했으며 또한 싱그러웠다. 까까머리 중학생 때 올랐던 금오정에 다시 오니 감회가 새롭다는 말이 실감이 났다. 콘크리트로 지어 그때나 지금이나 외형은 크게 달라지지 않았는데 밝은 낮에 보니 주변 풍광과 전혀 어울리지 않는 멋없는 건물이었다. 이렇게 멋진 장소에 이토록 감흥 없는 건물을 지을 수 있다는 것도 놀랍다. 다행인 것은 멋없고 무까끼해 보이는 금오정에 담긴 내 소년 시절의 추억은 여전히 멋스럽다는 점이다. 그날 우리가 라면을 먹고 신라의 달빛 아래 멀리 경주 시내의 네온사인을 내려다보며 무슨 대화를 나누었는지는 기억나지 않지만 친구들과 함께여서 마냥 즐거웠던 감정만은 오롯이 남아 있다. 황리단길에 대한 내 추억도 이와 같다.

황리단길은 경주의 대표적인 거리가 된 지 오래다. 요즘 경주를 찾는 관광객들이 가장 먼저 들르는 곳으로 주말은 말할 것도 없고 평일에 가도 사람들로 북적인다. 2023년 경주를 찾은 관광객들의 장소별 체류시간을 조사한 경주시민신문 기사를 보니 첨성대 27분, 석굴암 40분, 동궁과 월지 48분, 월정교 1시간 18분, 황리단길 1시간 33분으로 황리단길이 단연 1위를 차지했다. 포항에 살고 있는 나는 30분 만에 우리나라에서 제일 유명한 관광지 중 하나가 된 황리단길을 무심히 거닐 수 있는 소소한 행복을 누리고 있다. 지난 가을에는 직장 동료들과 퇴근하기가 무섭게 경주로 달려가 서봉총 앞 너른 잔디밭에 자리를 깔고 앉아 황리단길에서 사 온 떡볶이와 교리김밥, 가마솥 족발로 만찬을 즐기며 서산으로 넘어가는 해를 바라보았다. 불과 30분 전에 직장에 있던 우리가 황리단길에서 음식을 주문하고 관광객들 사이에 섞여 거리를 거닐고 있자니 마치 먼 곳으로 여행을 떠나온 것 같은 착각이 들어 들뜬 마음과 상기된 표정으로 기념사진도 남겼다. 이것은 장소의 변화가 불러온 신나는 착각인데 사실 30분 만에 우리의 처지가 달라질 리 없다. 여전히 우리는 직장에 매인 사람들이고 오늘 못다 한 일들이 내일 우리를 기다리고 있다. 그런데도 우리가 전혀 새로운 기분과 감정에 사로잡힌 것은 장소의 변화 때문이다. 그리고 그 장소가 다른 곳이 아닌 경주, 황리단길이라는 점이 중요하다. 경주가 뿜어내는 아우라aura는 언제나 우리를 들뜨게 한다.

사실 나는 2007년까지 황리단길 끄트머리에 살았다. 당시 우리 집은 일자ー형 한옥 주택이었는데 마당에는 작은 화단과 옥상이 있는 창고 건물이 있었고 마루에 앉아 남산을 조망할 수 있었다. 처음에 황리단길이 내남사거리에서부터 남쪽으로 조성되기 시작했는데 황남관 한옥 호텔이 지어지고 얼마 지나지 않아서는 근처 우리 뒷집까지도 팔려서 식당이 되었다. 우리 아버지가 그 집을 팔지 않고 지금까지

가지고 있었다면 참 좋았겠다 싶지만 운명은 늘 이런 식이다. 이 집으로 이사 온 후 팔아버린 토지도 그랬다. 20년 이상 가지고 있던 천관사 부근의 논도 다른 사람의 소유가 된 이후에 거의 5배 이상 올라 비싸게 거래되었다는 후문을 들었다. 이런 일련의 사건들을 종합해 보면 우리는 늘 한발 느리거나 빨라서 후회하는 사람들인 것 같다. 하지만 인생에는 이보다 훨씬 중요한 것들이 많고 잃은 것이 있으면 반드시 얻은 것도 있는 법이니 후회할 일만은 아니다. 여전히 속이 좀 쓰리지만 정신 승리를 위해서라도 이 진리를 자주 외쳐야 한다.

과거 내남사거리에서 황남초 사거리까지 700여 미터의 포석로는 상권이라고 하기에는 부족해도 너무 부족한 죽은 길이었다. 골목길 안에는 좋은 한옥도 많이 있었지만 내남사거리 근처에는 대나무가 꽂힌 점집들이 즐비했고, 요상한 분위기의 주점들도 많았으며, 거리는 쇠락해서 볼품이 없었다. 경주 출신의 만화가 이현세의 삶을 다룬 다큐에서 재연 배우가 걸어가던 포석로는 황량했다. 내 기억에 2000

년 무렵까지는 황남식육식당, 천마문구사, 황남탕 정도가 눈에 띄었고, 나중에 오래된 한옥을 그대로 살린 도솔마을이라는 식당이 생겨 사람들이 조금 찾는 정도였다. 그 이외에 대릉원 주변의 관광객들을 위한 대형 식당들 말고는 크게 알려진 가게가 없었다. 그러다가 황리단길이 조성되기 시작하면서 외지인들이 점집과 빈 점포를 사들이고 세련된 가게를 꾸리기 시작하면서 분위기가 확 달라졌다. 젊은 사람들이 찾아오기 시작했고 그들의 취향에 맞춘 식당과 카페가 여기저기 들어서면서 기존에 이곳에서 장사하던 로컬 상인들도 가게를 리뉴얼하기 시작했다. 경주시에서도 적극적인 행정을 펼치면서 황리단길은 완전히 새롭게 태어났다. 부동산 가격은 10배 이상 뛰었고, 외지인들뿐 아니라 현지인들도 건물을 구입하거나 임대해 분위기 있는 가게들을 오픈하기 시작했다. 메인 도로인 포석로 주변뿐 아니라 골목 안쪽도 마찬가지였다. 골목 안 식당들은 우리 집 같은 살림집을 개조해서 가게로 바꾼 경우가 많았는데 완전히 헐어버리고 새로 짓기보다 기존에 있던 집의 뼈대를 그대로 살려서 새롭게 리모델링하는 방식이 대부분이었다. 그러자 과거와 현재가 공존하는 멋진 공간이 탄생했다. 이것은 비단 하나의 건물에 국한된 것이 아니라 황리단길 전체가 마찬가지이다. 드론으로 황리단길을 찍은 영상을 보면 1,500년 전 왕들과 귀족들의 무덤 옆으로 100년 이상 된 오래된 한옥들과 새로 지은 신식 한옥들이 조화를 이룬 모습이 한눈에 들어온다. 오래된 것과 새로운 것, 전통과 현대, 나이 든 사람과 젊은 사람이 공존하는 멋진 공간이 된 것을 확인할 수 있다. 물론 전혀 한국적이지 않은 출처 불명의 한옥, 경주와 무관한 음식들과 상품들도 많이 눈에 띈다. 그래서 신랄한 비판의 대상이 되기도 하고 장사꾼들의 소굴이 된 것을 개탄하는 사람들도 많다. 하지만 어찌하랴. 사람이 많이 모이는 곳에는 허접한 대중성, 천박한 자본의 논리도 어쩔 수 없이 공존하게 마련인 것을.

어릴 적 내 기억 속 황리단길은 변두리에서 번화한 도심으로 나아가는 길목에 있는 과도기적 공간

                                      경주를 걷는 게 좋아

이었다. 우리 동네에 없던 대표적인 장소는 목욕탕과 문구점, 오락실과 짜장면집이었는데 황남동에는 이 모든 시설이 있었다. 그래서 나는 약간 부러운 마음을 갖고 있었다. 집에서 운동복을 입은 채로 슬리퍼를 끌고 나와 곧장 목욕탕으로 들어갈 수 있다면 얼마나 좋을까 생각한 적도 있었다. 현재 천마문구사를 제외하고 나머지는 모두 역사 속으로 사라지고 말았지만 카페로 변신해 흔적만 남아 있는 황남탕을 볼 때면 감회가 새롭다.

우리는 주로 자전거를 타고 포석로를 지나 도심에 이르렀는데 도심에 가닿기 전에 황남동을 지나면서부터 어렴풋이 시내 냄새가 났다. 내가 사는 동네보다 훨씬 번화했으니까. 하지만 우리가 진짜 선망하는 모든 것들은 시내에 있었지 황남동에는 없었다. 황남동은 머무는 공간이 아니라 지나치는 공간이었다. 그랬으니 오늘날 경주를 찾는 사람들이 황리단길에서 가장 긴 시간 체류한다는 사실이 새삼 놀라운 것이다. 십대 시절 내가 자주 찾았던 곳은 이제 전 국민이 다 아는 명동쫄면, 대화만두 같은 분식점과 황남빵, 지금은 사라지고 없는 몇몇 카페들이었다. 특히 명동쫄면은 우리 가족들의 소울 푸드 soulfood 라 할 수 있다. 대구에 사는 작은 누나의 경우는 특히 더 심한데 명절에 포항에 오기 전에 경주에 들러서 먹고 오기 일쑤이고, 명동쫄면을 먹기 위해 평일이나 주말에 경주를 급히 다녀가기도 한다. 시내 본점 앞에 늘어선 손님들 틈에 끼여 한 시간 기다리는 것쯤은 거뜬히 감수하고, 불국사 아랫마을에 새롭게 오픈한 명동쫄면 불국사점에도 한 번씩 간다. 사실 명동쫄면 박용자 사장님은 우리 엄마와 친척지간이다. 그래서 어릴 적부터 명동쫄면에 가면 우리 가족들은 다른 사람들보다 훨씬 많은 양의 쫄면을 제공받곤 했다. 옆자리에 앉은 손님보다 월등히 양이 많아 약간 민망함을 느낄 때도 많았다. 씩씩하고 구수한 말솜씨로 알은체하며 한가득 담아 주시는 쫄면을 먹으면서 우리는 참 행복했다. 사람들이 짜장면과 짬뽕을 두고 고민하듯 우리는 비빔 쫄면과 어묵 쫄면 사이에서 자주 번민했다. 오이채와 쑥갓이 듬뿍 올라가 있는 비빔 쫄면의 향기로움

    경주를 걷는 게 좋아

과 뜨끈한 국물에 달걀과 오뎅이 가득 들어 있는 어묵 쫄면 앞에서 어찌 번민하지 않을 수 있겠는가. 나의 번민은 대개 비빔 쫄면으로 귀결되곤 했는데 내가 특히 좋아했던 것은 비빔 쫄면에 따라 나오는 멸치 육수였다. 나는 보통 세 그릇 정도를 마시고 온 것 같다. 처음 쫄면과 함께 나오는 육수의 양이 그릇의 3분의 2 정도라면 두 번째와 세 번째 추가로 받아오는 육수는 거의 넘칠 정도로 찰랑찰랑했으며 냄비에서 금방 퍼내서 뜨거운 김이 확 올라왔다. 나는 두 번째 육수를 먹을 때가 특히 좋았는데 잘 비벼진 매콤한 비빔 쫄면을 한 입 먹고 나서 뜨거운 육수를 떠먹을 때, 그 맛의 조화로움이 너무나 감미로웠다.

쫄면을 먹고 집으로 돌아갈 때는 그냥 가는 법이 없었다. 꼭 황남빵 가게에 들러 방금 구워 낸 따뜻한 녀석으로 한 두 개를 사서 먹으며 갔다. 내가 느끼기에 황남빵의 피 皮 는 경주빵에 비해 훨씬 얇고 투명했다. 피를 지나 팥으로 가닿는 식감이 월등히 가볍고 깔끔했다. 그래서 나는 기꺼이 조금 더 비

싼 황남빵 가게를 찾았다. 지금은 황남빵과 최영화빵이 한 집안 형제가 운영하는 업체라는 걸 알지만 그 당시에는 최영화빵이라는 브랜드는 없었다. 오직 황남빵과 경주빵이 경쟁할 뿐이었다. 요즘 경주에 가보면 찰보리빵, 이상복 경주빵, 대릉빵, 주령구빵, 천년미소빵 등 다양한 빵들이 있지만 여전히 나는 황남빵 가게로 향한다.

나는 황리단길 주변의 주차난 때문에 경주 법원과 경찰서 부근에 주차하고, 봉황로를 따라 금관총과 봉황대 사이를 지나 황리단길로 들어가는 루트를 선호한다. 여전히 비활성화되어 있는 봉황로 주변의 상가를 애처로운 눈길로 바라보다 내남사거리에 이르면 확 달라지는 분위기를 느낀다. 과거 내 기억 속 황량했던 포석로는 이제 황리단길이라는 이름으로 새로워지고 생기를 얻었다. 덩달아 그 옆에 있던 대릉원도 꽉 막혔던 돌담을 걷어 내고 속이 훤히 들여다보이는 열린 공간으로 사람들에게 무료 개방되었다. 남북으로만 있던 원래 문에다 동서쪽에도 새롭게 문을 내어 사방으로 드나들 수 있게 되면서

　　　　　　　　　　　경주를 걷는 게 좋아

더욱 많은 사람이 찾는 도심의 휴식 공간이 되었다. 복잡하고 번잡한 황리단길에서 충분히 시간을 보낸 지친 이들이 서쪽으로 난 문을 통해 대릉원으로 들어서면 즉시로 새로운 기분을 느끼게 된다. 오래된 무덤과 늘어진 수양버들, 잘 가꾸어진 배롱나무와 아름드리 소나무 사이로 난 좁은 길을 걸으며 인파에 지친 마음을 달랠 수 있다. 역시 과거와 현재, 오래된 것과 새로운 것, 자연적인 것과 인공적인 것이 이어지고 융합될 때 인간은 깊이 만족하는 법이다. 만약 이곳에 대릉원이 없었다면 오늘날의 황리단길이 이토록 많은 이들이 지속해서 찾는 공간이 될 수 있었을까. 나는 이제 더 이상 주말에 황리단길을 찾지 않는다. 꽉 막힌 도로에서 시간을 보내는 것이 답답해서도 그렇지만 조금 한적한 평일의 황리단길을 더 좋아하기 때문이다. 내 추억 속 포석로와 황리단길이 만나는 최적의 조합은 비 개인 평일 저녁의 황리단길이다. 먹구름 속에 숨었던 해가 서산으로 넘어가면서 마지막 남은 빛으로 비에 젖은 나뭇잎과 아스팔트에 고인 빗물을 비추는 것을 보고, 젖은 흙

내음이 섞인 신선한 저녁 공기를 한껏 들이마시면서 유유자적 우리 옛집까지 걸어가면 눈앞에 늠름한 남산이 떡하니 모습을 드러낸다. 나는 이 공간, 이 시간, 이 기분, 이 장면을 사랑한다.

감포 바다의 윤슬

요즘 JTBC 드라마 '조립식 가족'이 한창 인기를 얻고 있다. 감포에서 촬영된 드라마라 더욱 관심이 갔다. 드라마가 방영되기 전에 아내와 함께 감포 해국길을 찾았다. 감포 공설시장에서 적산가옥 敵産假屋 옆으로 난 좁은 길로 들어서면 해국길이다. 감포제일교회로 오르는 계단에 큼지막한 해국 그림이 있고, 골목 곳곳에도 예쁜 그림들이 그려져 있다. 골목 탐방을 마치고 계단 아래 작고 예쁜 카페 'Arbol'에 갔다. 'Arbol'은 스페인말로 '나무'를 뜻한다는 사장님의 설명을 들으며 카페에 하나뿐인 테이블에 앉아 따뜻한 커피와 캐모마일을 시켰다. 사장님은 사

경주를 걷는 게 좋아

진작가이시기도 한데 6년 전에 감포로 내려와 카페를 열고 간간이 전시회도 하면서 지낸다고 하셨다. 그러면서 곧 방영될 '조립식 가족'에 이 카페가 국숫집으로 나온다며 촬영 당시의 이야기도 전해주셨다. 우리가 제법 오래 카페에 머물자 블루투스 스피커에서 나오던 날카로운 음악이 어느새 진공관 앰프에서 흘러나오는 부드러운 음질의 첼로 연주곡으로 바뀌었다. 사장님도 우리와 대화가 잘 통한다고 느끼신 것 같았다.

'Arbol'에서 나와 오른쪽 골목길로 조금만 더 내려 가면 100년 된 목욕탕을 개조해 만든 카페 '1925감포'가 있다. 원래 이름이 '해천탕'이었다고 하는데 100년 전 목욕탕 시설을 잘 살린 인테리어로 입소문이 났고, 지난 여름에는 이효리가 '엄마, 단둘이 여행 갈래?' 촬영차 다녀가면서 더욱 유명해졌다. 행안부 공모 사업에 선정된 청년들의 실험공동체 '가자미 마을'을 기획한 사회적 기업 '마카모디'에서 운영하는 카페로 'Arbol'과는 또 다른 분위기를 느낄 수 있다. 한적한 바닷가 동네 감포에 전국에서 찾아온 청년들이 자기 삶을 기획하고 실험하는 플랫폼이 생겨났다는 소식을 몇 년 전에 전해 듣고 적잖이 놀랐었는데, 과연 '1925감포'에도 젊은이들의 세련된 감성이 그대로 녹아 있었다. 로컬의 고유성을 기반으로 기획된 모든 메뉴와 상품 등은 이들이 추구하는 것이 무엇인지 쉽게 이해할 수 있게 했다.

사실 감포는 내게 매우 의미 있는 동네다. 20여 년 전 처음으로 직장 생활을 시작한 곳이기 때문이다. 그전까지는 여름에 가끔 바다 수영을 위해 근처 해수욕장을 찾았다가 거쳐 가는 곳일 뿐이었다. 요즘은 새로운 도로가 생겨 경주에서 감포까지 손쉽게 갈 수 있게 되었지만 당시에는 경주 시내에서 출발해 보문단지를 지나 덕동호를 둘러 구불구불한 산길을 돌아가야 하는 꽤 먼 길이었다. 하지만 그 옛길은 운치가 있었고, 가을 단풍이 매우 아름답기도 해서 나는 지루한 줄 모르고 매일 같이 버스를 타고 이 길을 지나다녔다. 스물네 살 젊디젊었던 그때의 나는 아침마다 감포항 방파제를 찾았었다. 조금 일찍 도착해 감포항 방파제에 뛰어올라 보통 삼발이

    경주를 걷는 게 좋아

라 불렀던 테트라포드 Tetrapod 에 부딪히는 파도 소리를 들으며 눈부시게 반짝이는 아침 윤슬을 한동안 바라보고서야 직장으로 발걸음을 옮길 수 있었다. 방파제에서 직장으로 갈 때에도 주도로가 아니라 항구길을 택했는데 때때로 끝나가는 수산물 경매 장면을 보는 날도 있었다. 확성기를 든 사회자, 모자 뒤에 감춘 손가락으로 사회자에게 신호를 보내는 경매자들, 경매받은 물건을 수레에 싣고 가는 사람들. 그 모든 활기찬 장면들은 첫 직장 생활로 긴장하고 경직되어 있던 내 마음에 큰 위안과 격려가 되었다. 이른 아침부터 수산업자들과 장사꾼들의 힘찬 목소리와 활력이 내 마음에도 새로운 힘을 공급해 준 것이다. 그래서 나는 조금 더 멀리 돌아가지만 늘 이 길로 다녔다. 손질을 위해 널어 둔 어망과 그물, 정박해 있는 다양한 종류와 크기의 배들, 녹슨 철제 어구들, 비릿한 바다 내음까지 직장에 도착하기 전에 내 오감 중 시각, 청각, 후각 삼감은 충분히 활성화되었고, 이미 생활의 활기로 충만한 이들이 뿜어 낸 싱싱한 기운이 내 몸에도 가득해졌다. 그래서 또

목욕탕

하루를 살아낼 수 있었다. 고마운 매일의 풍경과 사람들이었다.

걷기 위해 감포를 찾는다면 해국길과 감포항구길을 걷는 것만으로는 충분하지 않다. 감포항구길을 시작으로 송대말 등대를 거쳐 오류 해수욕장 정도까지는 걸어야 한다. 예전에는 오류 해수욕장 부근이 황량했었는데 요즘은 오토 캠핑장부터 숙소, 편의 시설까지 모든 것이 잘 정비되어 있다. 특히 중간 지점에 있는 송대말 등대 부근은 풍광이 좋아 일제 시대부터 일본인들의 여름 휴양지로 이름 높았다. 포항 구룡포와 마찬가지로 감포는 어획량이 많아 일본인들이 매우 선호하던 항구였다. 그래서 지금도 적산가옥이 여럿 남아 있고 그들의 신도 신앙을 위한 신사神社 터도 볼 수 있다. 수년 전 포항 구룡포 적산가옥 거리를 '근대문화역사거리'라고 명명해 관광객을 유치하던 초창기 시절, 조선 사람들을 쫓아내고 일본 사람들만을 위한 동네를 구축하여 학교와 신사를 짓고 살던 그 억압과 수탈의 현장을 마치 자랑하듯 선전하는 것을 보고 분노했었던 적이 있다. 심지어 기모노를 대여해 주는 가게까지 들어 선 것을 보고는 기가 차서 시청에 민원을 넣을 생각 까지 했었다. 다행히 지금은 억압과 수탈의 현장임 을 충분히 밝히고 정신 없는 말로 치욕스러운 역사 를 가리는 일은 사라졌다. 그동안 감포는 구룡포만 큼 유명하지 않아 그럴 일이 없었겠지만 감포가 점 점 유명해지고 있는 지금, 구룡포의 어리석음을 반 복해서는 안 될 것이다.

감포에서 남쪽으로 내려가 전촌 삼거리를 지나 면 나정 해수욕장이 나온다. 요즘은 '나정 고운 모 래 해변'이라는 멋진 이름으로 부르기도 하는데 그 시절 나는 퇴근 후에 동료들과 이 해변에 앉아 맥주 를 들이켜고는 했다. 당시에는 술을 마시지 않기로 결심한바 있어 나는 콜라를 마셨지만 분위기에 취하 기는 매한가지였다. 해변에 앉아 어두워져 가는 동 해를 물끄러미 바라보고 있으면 쉼 없이 다가왔다 멀어져 가는 파도 소리가 귀뿐 아니라 마음까지도 맑혀준다. 거기다 시원한 바닷바람이 불어와 머리카 락 사이를 이리저리 헤집고 지나가면, 바람에 뒤채인 머리카락만큼이나 내추럴 해 진 나를 마주한다. 잠시 동안이나마 밀도 있는 편안함을 느낀다.

대개 일출 日出 은 언제든 쉽게 볼 수 있어도 월출 月出 은 그렇지 않다. 일몰 日沒 과 시간이 잘 맞아야 하기 때문인데 아직 해가 지지 않은 상태에서 달이 떠오르는 경우가 많다. 그뿐 아니라 용케 떠오른 달을 본다고 해도 해처럼 스스로 빛을 내지 않기 때문에 아직 머물러 있는 햇빛에 가려져 선명하게 보이지도 않는다. 그래서 늘 해가 완전히 지고 나서 캄캄해진 뒤에야 바다 위에 이미 떠오른 하얀 달을 포착하게 되는 경우가 많다. 애써 시간을 확인하고 미리 가서 기다리지 않고는 좀처럼 보기 힘들다. 그렇지만 늘 보는 평범한 달도 해변에 앉아 바닷바람을 맞고 파도 소리를 들으면서 보면 완전히 새롭다. 거기다 맥주까지 한 잔 들이켜면 더할 나위 없이 신비롭다. 도시에서 보던 그 달인데 달과 나 사이를 가로막는 것이 없어서 그런지 훨씬 더 크고 친근하다. 특히 보름달에 가까운 커다란 달을 보는 날에는 각종 천문 지식이 등장하고 옛 추억이 돋아나기도 했다. 그

렇게 나는 이십 대 젊은 날의 2년 가까운 시간을 감
포 바다를 보면서 보냈다.

직장을 경주 시내로 옮기고부터는 감포에 갈 일
이 별로 없었다. 차를 사고 운전 연습차 간 적이 몇
번 있었고, 아내와 교제하던 시절에 감포를 찾았던
적이 두어 번 있었다. 처음으로 아내와 감포를 거닐
었던 때는 아내와 교제하기 5년 전쯤이었는데 다른
후배 한 명과 셋이 함께 감포항구길을 걷고 방파제
에도 올랐었다. 그러다가 감포가 내게 영원히 의미
있는 장소가 된 것은 아내와의 결혼 약속을 감포에
서 하면서부터다. 때는 아직 더위가 채 가시기 전인
9월 초였다. 5년 전 아내와의 풋풋한 옛 추억이 있
는 곳이라 그랬는지 몰라도 그날의 나는 자연스럽게
감포로 차를 몰았다. 5년 전에는 그저 선후배 관계
였던 우리가 이제는 연인이 되어 다시 감포를 찾는
다는 사실이 두 사람 모두에게 의미 있었다. 그날은
우리가 교제를 시작한 지 일주일 되는 날이었는데
믿기 힘들겠지만 그날 오후 우리는 전격적으로 결혼
을 약속했다. 그날 아내는 예쁜 겨자색 원피스를 입

                                              경주를 걷는 게 좋아

고 있었다. 그리고 우리는 이듬해 부부가 되었다.

새길이 나고 이전보다 훨씬 접근성이 좋아졌지만 감포는 여전히 경주에서 큰 힘을 내야 갈 수 있는 곳이다. 시골이고 변방이라는 이야기다. 하지만 나름의 역사를 간직하고 있는 아름다운 곳이다. 대대로 거친 바다에 나가서 고된 노동으로 삶을 꾸려 가는 드센 사람들이 모여 사는 고장이라 투박하지만 우직하다는 느낌을 받는다. 오랜 수탈과 착취의 시절을 무던히 견디고 버텨 오늘에 이르렀다. 대구-포항 간 고속도로가 뚫리면서 싱싱한 활어회를 찾아 감포로 오던 대구 손님들도 줄어든 지 오래되었다. 하지만 감포는 지금 다시 도약 중이다. 감포는 여전히 甘浦(감포)다. '달다'라는 뜻의 감 甘 자에는 '즐기며 지칠 줄 모르다.'라는 뜻도 있다. 이름 그대로 모든 상황을 즐기면서 지칠 줄 모르는 감포가 되면 좋겠다. 또한 감포를 찾는 사람들, 감포를 걷는 사람들 모두 삶을 즐기며 지치지 않고 한 걸음 한 걸음 앞으로 나아가길 응원한다. 꿈을 꾸고 도전하는 20대 젊은 이들만 아니라 40대 이상 모든 중장년도 감포의 아

                                    경주를 걷는 게 좋아

름다운 길들을 걸으며 생의 활기를 되찾고 새로운 꿈을 꾸게 되길 바란다.

짭조름한 바다 내음과 시원한 바닷바람을 맞으며 걷다가 자유롭게 창공을 나는 갈매기 무리를 보게 된 어느날 문득 리처드 바크의 소설 《갈매기의 꿈》이 생각났다. 주인공 조나단은 다른 갈매기들처럼 행동하지 않고, 펠리컨이나 앨버트로스가 하듯 저공비행도 하며, 무게를 줄이려고 밥을 굶기도 했다. 이런 아들을 걱정하는 어머니에게 조나단은 말했다.

"뼈와 깃털뿐이라도 괜찮아요, 어머니. 저는 하늘에서 할 수 있는 것과 할 수 없는 것이 무엇인지 알고 싶을 뿐이에요. 그저 그것뿐이에요."

아들을 걱정하는 부모의 사려깊은 조언과 갈매기 종족의 전통과 규율을 운운하는 장로 갈매기의 엄격한 말들은 조나단만 아니라 우리도 자주 들어왔던 이야기다. 그리고 그 이야기는 종종 우리를 주저앉혔다. 쓸데없는 짓 하지 말고 다른 갈매기들처럼 평범하게 살라던 그 애정 어린 조언에 우리는 스스로 날개를 꺾었었다.

"내 두 발로 대지를 박차고 날아올라 내 날개 밑으로 스치는 바람 사이로 세상을 보리라"

맹세했던 지난날의 우리는 어디로 갔는가. 조나단처럼 자유롭게 창공을 날면서 감포 바다에 어리는 윤슬을 내려다보고 싶은 강렬한 충동이 일었다. 나는 다시 날아오르고 싶어졌다.

     경주를 걷는 게 좋아

3부

가족과 문학

들판 산책을 가장 사랑하셨던

우리 아버지는

자기 논이 아니라도

벼가 누렇게 익은 들판 길을

이리저리 걷다 보면

마음이 풍요로워진다며

자주 들판 길을 걸으셨다.

아버지의 뒷모습

원효는 경산 사람이었지만 경주에서 살다가 입적 入寂했다. 그의 몸은 화장되었고 사리를 모아 분황사에 모셨다. 그와 요석공주 사이에서 태어난 아들 설총의 묘는 분황사 동편 남촌에 있다. 물론 전해져 오는 희미한 이야기에 따른 추정일 뿐 지금 그 묘가 설총의 것이라는 확정적 증거는 없다. 사실 경주에 있는 대다수 왕릉도 비슷한 처지라고 할 수 있다. 짧게는 1,000년에서 많게는 1,500년 이상 된 왕릉들이 어떻게 정확한 증거를 보존하고 있을 수 있겠는가. 더구나 그때는 흙과 나무의 시대였던 만큼 오히려 비석이 남아 있는 몇몇 왕릉들이 신기할 따름이다.

진평왕이 딸 선덕여왕을 찾아간다는 콘셉트로 명활성에서 출발해 진평왕릉을 지나 보문 들판을 가로질러 낭산에 자리한 선덕여왕릉까지 다녀오는 코스는 언제 가도 좋다. 그중에서도 어린 모가 자라고 있는 논에 하늘이 비춰 보이는 5월 말과 벼가 누렇게 익어 고소한 향내가 나는 10월 말은 더욱 좋다. 아버지 원효가 아들 설총을 찾아간다는 콘셉트로 분황사에서 출발해 설총의 묘까지 걷다 보면 딸을 찾아가는 진평왕과 아들을 찾아가는 원효가 보문 들판 한 가운데서 만났겠구나 싶은 생각이 들어 절로 웃음이 난다. 하지만 사실 원효는 평생 아들 설총을 먼저 찾아가지 않았다. 물론 아내 요석공주도 찾지 않았다. 원효가 입적을 앞두고서야 겨우 만날 수 있었을 뿐이다. 하여 요석과 설총은 늘 원효를 그리워했다. 그런 이유로 아들 설총은 평생 아버지를 책으로 알아야 했다. 원효가 쓴 책을 통해서만 아버지의 숨결을 느끼고 아버지의 말소리를 들을 수 있었다. 그러니 10대 시절 설총은 얼마나 아버지가 그립고도 원망스러웠을까? 어차피 파계하고 머리

 경주를 걷는 게 좋아

를 기르고 스스로 소성거사 小性居士 라 칭한 마당에 원효가 아들을 만나지 않았다는 점은 어린 아들의 입장에서는 이해하기 어려웠을 것이다. 아들도 그가 구원하고자 했던 중생 중 하나가 아니었던가. 아무튼 살아생전 아들 설총을 찾지 않았던 아버지 원효를 대신해서 아버지인 내가 여러 번 설총을 만나러 갔다. 분황사를 출발해 보문 들판 논길로 들어서면 명활산 아래 남촌 마을에서 아버지를 기다리고 있을 속 깊은 아들 설총이 생각난다.

진평왕과 원효처럼 나도 아들과 딸을 가진 아버지다. 어린이날과 어버이날이 있는 5월에 보문 들판 길을 걸으면서 김진호의 노래 《가족사진》을 들었다.

"외로운 어느 날 꺼내본 사진 속 아빠를 닮아있네"

라는 대목에서 눈물이 핑 돌았다. 우리 아버지 생각이 났기 때문이다. 그때도 5월이었던 것 같다. 고등학교 교련 수업 시간이었는데 수업 주제가 '아버지와 닮은 나의 신체 부위'였다. 당시 나는 손이 가장 닮았다고 생각하고 있었다. 손바닥에 비해 손가락이 짧고 손끝이 뭉툭하면서 두꺼운 내 손은 우리 아버지 손을 빼닮았다. 아버지의 손은 일을 많이 하셔서 나보다 더 두툼했지만 전체적인 느낌이 비슷했다. 농구하다 보면 손가락이 조금 더 길면 좋겠다는 생각이 들 때가 많았지만 어려서부터 나는 내 손을 매우 자랑스럽게 생각해 왔다. 두툼한 손바닥과 딱딱하게 잘 박힌 굳은살들이 마음에 들었다. 특히 오른손 일자 손금은 나의 오랜 자랑거리였다. 순진한 친구들이 부러워하기까지 했던 터라 더욱 그랬던 것 같다. 지금 생각해 보면 헛웃음이 나오는 터무니없는 생각들이지만 그때 우리는 꽤 진지했었다. 젊다 보니 오래 사는 데는 관심이 없어서 위에서 아래로 이어지는 생명선의 길이와 선명함은 안중에 없었고 오히려 큰 의미도 없어 보이는 가로선인 감정선에 집중했던 이유는 흔히 보기 힘든 희귀성 때문이었다. 아무튼 아버지를 쏙 빼닮은 내 손을 자랑스럽게 여기던 나였기에 자신있게 손을 들고 발표했다. 좋은 아버지이실 것 같은 장교 출신의 우리 교련 선

   경주를 걷는 게 좋아

생님은 내 발표를 진지하게 들어주시고 공감해 주
셨던 기억이 난다.

우리 아버지는 일제 치하 경주 용강동에서 5남
매의 장남으로 태어나 일곱 살에 경주 성동시장에
서 어머니와 장을 보다가 해방의 소식을 들으시고,
열두 살에 한국 전쟁을 겪으셨다. 온 가족이 감포
가는 길에 있는 오지奧地 동네 황룡으로 피난을 갔
던 이야기, 할아버지가 국군 징집을 피해 화장실에
숨어 계셨던 이야기, 집과 논이 잘 있는지 보고 오
라는 할아버지의 명을 받고 열두 살 어린 나이에 한
나절이나 되는 먼 산길을 혼자서 다녀왔던 이야기,
포탄을 쏘는 소리에 방문이 꽝 소리를 내면서 저절
로 열리고 닫혔던 이야기, 전쟁이 끝난 후 불발탄인
줄 알고 포탄을 갖고 놀던 동네 아이들이 폭발로 끔
찍하게 죽었다는 이야기 등 참담하고 가난했던 그
시절 이야기를 종종 들려주신 우리 아버지는 올해
87세가 되셨다. 늦둥이인 나는 아버지가 들려주시던
그 이야기들이 호랑이 담배 피우던 시절 이야기처럼
아득하게 느껴지곤 했었다. 휴전 후에는 자유당 이

승만 정권하에서 20대를 보내시고, 박정희의 5·16 쿠데타와 군부 독재 산업화 시대를 지나며 결혼하고 가정을 이루셨다. 10·26 이후 서울의 봄을 강탈한 전두환과 노태우의 신군부 독재 시절도 몸이 부서져라 일만 하시면서 무사히 견뎌 내셨으며, 김영삼 이후 민주화와 2000년대 디지털 혁명의 시기까지 파란만장한 현대사의 모든 장면을 직간접적으로 겪으시며 살아오셨다. 일제의 강점, 전쟁과 독재, 산업화와 민주화, 디지털 혁명, 오늘날 기후 위기의 문제까지 아버지가 감당하셨을 모든 종류의 번민과 고통을 나는 제대로 알지 못한다. 그 배고프고 앞이 캄캄했을 억압과 야만의 시대, 혼란과 혼돈의 시대를 견뎌내신 것만으로도 우리 아버지는 존경받아 마땅하다. 나는 때로 내가 그 시절에 태어나지 않은 것에 안도했다. 나라면 저 험한 시절을 견뎌 낼 수 있었을까. 아무리 탁월한 재능과 원대한 꿈이 있어도 시대의 어둠과 극심한 가난 속에서 시들 수밖에 없었던 우리의 아버지들에게 경의를 표하고, 그들의 치열했던 일생에 경탄을 보낸다.

김진호가 가족사진 속 아버지와 자신이 닮아있다는 것을 발견했을 때 느꼈을 감정은 언어로 표현하기 어렵다. 하나의 감정 단어로 환원될 수 없는 그 뭉클한 무엇은 언어로 표현하지 않는 편이 낫다. 그래서 김진호도 '아빠를 닮아있네'까지만 말할 수밖에 없었을 것이다. 몇 년 전부터 우리는 원가족family of origin 여행을 다니기 시작했다. 그동안 먹고 사느라 바빠서 변변한 가족여행 한번 제대로 가지 못했던 우리 원가족은 2019년 초여름이 되어서야 비로소 제대로 된 가족여행을 떠날 수 있었다. 사위, 며느리, 손주들 다 떼어 놓고 우리 다섯 사람만 떠났던 제주도 여행에서 찍은 가족사진 속 나도 영락없이 아빠를 닮아있었다. 피가 물보다 진하고 아들이 아버지를 닮는 것은 당연한 자연의 이치이지만 실제로 그것을 자각하고 인식하는 것은 전혀 다른 성질의 문제이다. 어느날 문득 내가 아빠를 닮았구나 깨달을 때

"이제 당신이 자유롭지 못했던 이유가 바로 나였음

을 알 것 같다."

고 했던 신해철의 말을 이해할 수 있게 된다. 그리고 이내 코끝이 시큰해져 온다.

우리 아버지는 무릎 연골이 닳아 걷는 일이 매우 불편해진 지금도 하루에 두 번씩 산책하기를 멈추지 않으신다. 부모님과 가까이 살다 보니 간혹 주말에 아버지가 산책하시는 장면을 우연히 보기도 한다. 얼마 전에는 우리 딸과 함께 할아버지가 지팡이를 짚고 절뚝거리시면서 느릿느릿 산책하시는 모습을 한동안 지켜본 적이 있었다. 늙은 아버지의 뒷모습을 바라보는 아들과 손녀의 감정은 다를 수밖에 없다. 나는 마음이 짠해서 오래 지켜보기가 힘들었다. 예전 젊은 시절에 우리 아버지는 끝내주게 잘 걷는 사람이었다. 가볍고 빠르게 거침없이 걷던 우리 아버지가 어느날 자신의 늙음을 자각한 날이 있으셨다. "오늘 젊은 여자가 나를 앞질러 가기에 따라잡으려고 열심히 걸었는데 안 되더라. 이제 진짜 내가 많이 늙었구나!" 나이가 들면 당연히 걸음의 속

　　　　　　　　　　　경주를 걷는 게 좋아

도도 느려지는 법이지만 그것을 스스로 자각한 날은 전혀 새롭게 자신을 인식하는 날이다. 나에게도 그런 날이 있었다. 이웃 교회 청년들과 축구를 했던 날 30대 중반 중에서 제법 잘 달리는 편이라 레프트 윙 백 포지션으로 나섰던 나는 상대 팀의 20대 스트라이커가 드리블하며 공을 두 번 접을 때까지 용케 따라가다가 세 번째 접었을 때 이제 더 이상 못 따라간다는 사실을 깨달았다. 마치 무패의 위대한 격투기 선수들이 젊고 강한 상대 앞에서 맥없이 무너지고, 불세출의 테니스 스타들이 하위 랭커와의 그라운드 스트로크 대결에서 밀려 게임을 내주고 세트를 내주며 탑 랭킹에서 멀어져 가던 장면들이 떠올랐다. 그날 이후 나는 나의 신체 능력이 확실히 하향곡선을 그리고 있다는 사실을 순순히 인정하게 되었다. 사실 그전부터 나의 신체는 노화와 노쇠의 길로 접어들었겠지만, 그것을 자각한 것은 그날 축구장에서였다.

들판 산책을 가장 사랑하셨던 우리 아버지는 자기 논이 아니라도 벼가 누렇게 익은 들판 길을 이리

저리 걷다 보면 마음이 풍요로워진다며 자주 들판 길을 걸으셨다. 내가 그림을 잘 그린다면 10월 중순, 오후 4시 무렵, 선선한 가을바람에 바스락 소리를 내며 출렁이는 황금빛 들판 길을 무언가를 골똘히 생각하면서 걸어가시는 아버지의 뒷모습을 그릴 것 같다. 너무 찬란하지도 않고 그렇다고 너무 쓸쓸하지도 않은 느낌이어야 한다. 가을 들판의 넉넉함과 함께 약간의 고독과 고뇌가 담겨야 한다. 내 기억 속 아버지의 산책은 이런 풍경이었다. 아버지를 닮아서인지 나도 가을 들판 길이 좋다. 들판 길을 걷는 내 뒷모습이 우리 아이들 눈에는 어떤 느낌과 풍경으로 남게 될까. 바람처럼 가볍고 빠르게 잘 걸으시던 우리 아버지의 걸음은 속도의 저하를 지나 절뚝과 느릿으로 이어졌다. 언젠가는 그마저도 하지 못하는 날이 올 것이다. 지난날 내 아버지가 거닐었던 경주의 모든 길들은 앞으로도 그 자리에 그대로 있겠지만, 아버지는 그 길 위에 영원히 머물지 못할 것이다. 하지만 내 아버지 대신 내가 그 길 위에 설 것이고, 내 뒤를 내 아이들이 뒤따를 것이다. 그렇게 세대는 이어지고 역사는 계속된다.

올해도 나는 어김없이 가을 들판 길을 걸었다. 배반들, 안강들, 보문들을 걸으면서 아버지를 생각했다. "가을 들판의 풍경이 꽃밭보다 더 좋다."고 하시던 말씀도 생각나고, 이 길을 휘적휘적 걸어가시던 아버지의 뒷모습이 그려지기도 했다. 길을 걷다 반가운 탱자를 만나 오랜만에 탱자 냄새도 맡았다. 어린 시절 맡았던 그 냄새 그대로였다. 이 아름다운 가을 들판 풍경을 아버지와 함께 걸으며 볼 수 있다면 참 좋았을 것이다.

엄마의 등곳길

내 태명은 '곰태'였다. 바위 위에 선 곰이 엄마 품에 와락 안기는 꿈을 꾸셨기 때문이다. 그래서 외할머니께서는 돌아가실 때까지 나를 '곰태야'하고 다정하게 부르셨다. 책을 내면서 필명을 '김곰태'로 할까 고민했다. 김곰태 작가. 뭔가 특이하면서 입에도 잘 붙는 필명 아닌가 싶어서. 에세이 장르가 아닌 다른 장르의 글을 쓰게 될 날이 온다면 그때 필명은 김곰태로 하기로 한다.

2004년 영국문화협회 British Council 가 세계 102개 비영어권 국가 4만 명을 대상으로 세상에서 가장 아름다운 영어 단어가 무엇이냐고 묻는 설문조사를 실시했는데 그 조사에서 1등을 차지한 단어가 '엄마'였다는 기사를 읽은 적이 있다. 당연하다고 느꼈다. 언어와 문화를 초월해서 모든 인간은 엄마의 몸속에서 만들어지고 엄마의 자궁 속에 터잡고 10개월을 살다가 세상 밖으로 나온다. 나와서도 처음 만나 눈을 맞추고 꼭 안아주면서 사랑스레 이름을 불러 주는 존재가 엄마다. 엄마 품에 안겨 듣는 엄마의 심장 소리는 자궁 속에서 듣던 익숙한 소리다. 모든 것이 낯설고 두려울 수밖에 없을 신생아의 첫날은 엄마의 낯익은 심장 박동과 목소리, 고소하고 따뜻한 모유를 통해 안정화되고 안위 받는다. 그 후에도 먹여주고 씻겨주고 돌봐주는 엄마의 사랑 속에서 보낸 그 초기 몇 년의 시간을 대체할 수 있는 건 세상에 없다. 그러니 세상 어떤 단어가 '엄마'를 이길 수 있겠는가. 하지만 그 기사에서 씁쓸하고 웃픈 사실은 '아빠'가 2위가 아니라는 점이었다. 2위는 '열정'이라는 단어가 차지했고 안타깝게도 '아빠'는 70위 안에도 들지 못했다고 한다. '막대사탕 Lollipop '이 42위였다고 하니 사탕보다 못한 아빠들의 처지가 애처롭다. 하긴, '아빠'라는 존재는 부족해도 너무 부족하다. 지금은 고인이 된 신바람 웃음 전도사 황수관 박사의 이야기가 생각난다. 한국 전쟁 당시 가족이 피란을 가다가 비행기 공습 소리가 들리자 어머니는 자식들을 품에 안고 바닥에 엎드리셨다. 비행기가 지나가고 주변을 살펴보니 아버지가 보이지 않았다. 다들 걱정하고 있는데 알고 보니 아버지는 혼자 길옆 수로에 몸을 피해 계셨다. 공습이 몇 차례 더 이어졌고, 아버지는 그때마다 어김없이 혼자 수로로 피하셨다면서 이 땅의 아버지들은 죽었다가 깨어나도 어머니를 따라 올 수 없다며 어머니에 대한 무한한 존경심을 드러내는 이야기를 재미나게 하는 것을 들은 적이 있었다. 물론 세상 모든 아버지가 이렇지는 않겠지만 이와 유사한 에피소드들이 많은 가정에 있지 않을까 생각한다. 부성애는 모성애를 이기기 어렵다. 한 몸이었던 적이 없었기 때문이다.

소설가 김탁환은 에세이 《엄마의 골목》에서

"오래전부터 엄마에 관해 쓰고 싶었다. 내 나이 서른

살에도, 마흔 살에도, 엄마의 삶이 궁금했다."

라고 썼다. 이 세상에 태어나기 전부터 엄마와 한 몸이었고, 태어나서도 엄마와 제일 먼저 마주했으며, 초기 몇 년간 엄마와 가장 많은 시간을 보냈지만 우리는 사실 엄마와 엄마의 삶을 제대로 알지 못한다. 신해철은 <Mama>라는 곡에서

"내 삶에 엄마는 처음 알게 된 친구였어요. 나보다 더 많이 날 알았고 이해했죠."

라고 노래했다. 엄마가 내 삶의 첫 친구였다는 건 누구나 가지는 공통의 경험인데 자식인 우리는 그 첫 친구를 제대로 알지 못하고, 그녀의 삶을 궁금해하지도 않는다는 못된 습성을 공유하고 있다. 우리는 정말 엄마를 잘 모른다. 늙은 엄마가 언젠가 꿈 많았던 소녀였다는 진실을 알고 있는 자식은 세상에 희귀하다. 엄마는 처음부터 나이 든 여자였던 것처럼 생각하는 우리들의 철없음을 어떻게 응징해야

　경주를 걷는 게 좋아

할 것인가. 나도 혼나야 할 놈이다.

김탁환은

"독자들도 저마다의 골목을 엄마와 걷고, 이야기하고, 웃었으면 좋겠습니다. 더 늦기 전에, 부디!"

라는 당부로 책을 마무리했다.

"엄마가 죽고 나서야 회고담을 쓰기 시작한 작가는 여럿"

이라며 걱정하던 그였기에 독자인 우리가 그 전철을 밟지 않기를 바라는 진심 어린 덕담이다. 책을 덮으면서 나도 작은 결심을 했다. 책 한 권을 모두 채우면 좋겠지만 적어도 한 꼭지의 글만이라도 엄마에 관한 글을 엄마가 살아 계실 때 써야겠다고. 나도 그 결심을 이루었으니 참 다행한 일이다.

엄마에 관련된 내 첫 기억은 낮잠을 자다가 깼는데 곁에 엄마가 없어서 소리쳐 엄마를 불렀던 일이다. 방에는 '노래하는 그림 동화' 카세트테이프가 돌아가고 있었다. 엄마는 나를 재워놓고 밖에 나가시면서 카세트테이프를 틀어 놓으신 것이었다. 여러 차례 큰 소리로 엄마를 불렀지만 끝내 엄마의 대답은 들려오지 않았고 대신에 성우들의 맛깔나는 옛이야기만 방안을 가득 채웠다. 엄마와의 다정한 추억이 첫 기억이라면 좋았겠지만 아무리 기억을 거슬러 올라가 보아도 저 기억보다 앞선 기억을 떠올리지 못했다. 내 친구는 엄마 등에 업혀 있던 기억이 생생하다던데 나는 상상 속에서만 떠올리는 이미지다. 첫 기억이 엄마의 부재에 관한 것이라 안타까운 마음이 들기도 하지만 한편으로는 '노래하는 그림 동화'를 무한 반복 해서 들었던 소중한 추억이기도 하다. 어린 시절 내 언어적 감각을 처음 깨워 준 것이 '노래하는 그림 동화'였기 때문이다. '장화 홍련' 이야기에서 새어머니의 아들 장쇠가 장화와 홍련을 밀어 연못에 빠뜨려 죽이는 장면에서 안타까움과 분노를 느꼈던 기억, '선녀와 나무꾼' 이야기에서 선녀가 아이들을 안고 하늘로 올라가는 장면에서 혼자 남겨

      경주를 걷는 게 좋아

진 나무꾼의 처지를 연민했던 기억이 난다. 네댓 살부터 줄기차게 들었던 '노래하는 그림 동화'는 내게 흥미로운 줄거리와 함께 풍부한 의성어와 의태어를 제공했고 머릿속으로 수많은 장면을 상상하게 해주었다. 그래서 나는 지금도 빨간 머리 앤처럼 이야기를 좋아하고 역할극 하듯 하는 농을 즐기는 사람이 되었다.

어쩌다 보니 근래 들어 여성 작가들의 책을 많이 읽었다. 소설부터 시, 일기와 에세이까지 여성 작가들의 섬세한 상황 설정과 감정 표현이 좋아졌다. 평소 김훈이나 황석영, 빅토르 위고처럼 간결하고 선 굵은 문장을 좋아했었는데 웬일인지 요즘은 자꾸 여성 작가들의 글이 좋다. 버지니아 울프, 시몬 드 보부아르, 루시 모드 몽고메리, 박경리, 정지아, 한강, 목수정, 전원경 등 여성 작가들의 글을 읽으면서 남성 작가들의 글에서는 느낄 수 없는 편안함을 느꼈다. 위로 두 명의 누나가 있어 어릴 적부터 여성과 대화하는 것이 자연스러웠지만 나의 취향은 남성 작가들의 힘찬 문장에 있었다. 그랬던 내가 요즘

자꾸 여성 작가의 책을 찾게 되는 이유는 무엇일까. 아직 여성 호르몬의 분비가 증가하는 시기는 아니니 이것은 존재의 근원을 향한 끌림이 분명하다. 엄마가 모든 자식의 근원이듯 여성은 남성의 근원이다. 성서에서 하나님은 남성인 아담을 먼저 만들었지만 여성 없이 홀로 서 있는 아담이 온전하지 않게 보여 여성 하와를 창조했다고 한다. 나이가 들어 가면서 여성 작가의 글이 좋아지는 이유는 남성 작가의 글만으로는 온전할 수 없다고 느끼는 아담적 무의식의 발로가 아닐까.

우리 엄마는 소설가나 시인이 아니어서 엄마가 쓴 글을 읽어 본 경우는 거의 없었다. 그러다가 엄마의 글을 정식으로 찬찬히 읽어 보게 된 것은 군에 간 아들에게 보낸 엄마의 위문편지에서였다. 엄마뿐 아니라 아버지도 위문편지를 자주 보내셨는데 두 분은 군에 간 스물다섯 살 먹은 아들을 무척이나 걱정하셨다. 그때 내가 막내라는 사실을 깊이 절감했다. 아버지의 글씨는 직선적이고 강직한 느낌을 주는 반면 엄마의 글씨는 약간 옆으로 누워있는 모양으로 둥글고 자유로웠다. 48년생 우리 엄마는 고등학교까지 나오신 분으로 어릴 적부터 공부를 잘해서 칭찬을 많이 듣고 자라셨다. 학급 반장도 꾸준히 하시고 여고에서는 '대대장'이라 불렀던 전교 회장까지 하셨더랬다. 그랬던 우리 엄마가 외할머니의 반대로 대학에 진학하지 못하게 되면서 잘나가던 엄마의 삶은 뒤로 후퇴하기 시작했다. 남편 없이 홀로 자식을 키운 무학의 외할머니께서는 "여자가 무슨 대학이냐"는 동네 사람들의 말을 넘어설 비전이 없으셨다. 사실 그 당시 딸을 고등학교까지 보낸 것만으로도 외할머니는 칭송받아 마땅하신 분이지만 우리 엄마에게는 안타까운 일이었다. 대학을 가지 못한다고 생각하니 공부할 이유가 없어졌고 좋았던 성적은 떨어졌다. 여고를 졸업하고 잠시 양품 기술을 배우기도 하셨지만 주로 외할머니를 따라 밭일, 논일을 하시다가 결혼할 나이가 되어서 중매결혼 하는 것으로 귀결되고 말았다. 언제 들어도 안타깝고 안타까운 이야기였다. 고등학교까지 나왔지만 외할머니와 동네 사람들의 구습적 사고를 넘어서지 못

했던 것이 엄마의 가장 큰 패착이었다. 시대의 한계를 넘어설 비전이 엄마에게도 없었던 셈이다. 당시 엄마가 받았을 압박감과 절망감이 충분히 이해 되지만 안타까운 마음을 지울 수 없다.

중고등학생 시절 엄마는 집에서 1시간 30분 거리의 학교까지 매일 걸어 다니셨다. 경주역 바로 앞에 있었으니 가장 번화한 곳에 있는 학교였다. 외갓집에서 출발하여 논길과 강둑길을 한참 걸어 시외버스 터미널 쪽으로 건너와 다시 경주역까지 한참을 걸어야 하는 먼 길이었다. 당시에는 다들 걸어 다녀서 크게 멀다고 생각하지 않았다고 하셨지만 지금 걸어보아도 꽤 먼 길이다. 엄마는 그 등굣길에서 친구와 수다도 떨고, 노래도 부르고, 영어 단어를 외우기도 하셨다. 그러다 보면 어느새 학교에 도착해 있었다. 그렇게 먼 길을 날마다 왕복했고, 무려 6년이나 다니셨으니 엄마의 건강과 체력의 밑바탕은 그때 완성된 것이리라. 물론 지금은 그 체력과 건강이 온데간데없지만. 우리 엄마는 2년 전까지만 해도 무척 잘 걸으셨다. 70대 노인이 웬만한 거리는 걸어

　　　　　경주를 걷는 게 좋아

다니셔서 매일 8,000보 정도는 너끈히 채우시는 왕성한 도보자셨다. 그렇지만 지난 2년 사이 척추 협착증이 심해지시고, 고관절과 무릎도 약해지시면서 이제는 허리통증과 다리 저림 때문에 200m도 한 번에 걷는 게 힘들다 하신다. 세월 앞에 장사 없다더니 또래보다 늘 젊어 보이시던 우리 엄마가 요즘 부쩍 늙으시고 아프시다. 올 초에는 감기약 부작용으로 목이 부어 호흡곤란으로 응급실에 실려 가시기까지 하셨다. 166cm나 되는 큰 키에 팔다리도 길고 골격이 장대했던 우리 엄마가 요즘엔 다리와 엉덩이 살이 다 빠지고, 어깨는 한쪽으로 기울고, 무릎을 바짝 들어올려 걷지 못하시고, 허리가 아파 자주 진통제를 복용하셔야 하는 처지에 놓였다는 게 슬프다. 초등학교 3학년일 때 엄마와 찍은 사진 속 마흔두 살 우리 엄마는 젊고 날씬했는데 지금 우리 엄마가 그때 그 엄마가 맞나 싶다. 시간은 모든 것으로부터 생기를 빼앗아 낡아지게 만들고, 우리는 그저 그 시간의 횡포 앞에 속수무책일 수밖에 없는 존재다. 이것이 자연의 이치요 당연한 귀결이지만 문득문득 찾아오는 속상함 또한 어찌할 도리가 없다.

　몇 년 전에 엄마와 같이 엄마의 등굣길 일부를 걸었던 적이 있었다. 돌아오는 방향으로 걸었으니 엄밀히 말하면 하굣길이 되겠다. 거의 60년 만에 아들과 함께 시멘트로 잘 포장된 강둑길과 논길을 걷는 기분이 괜찮으셨던지 엄마는 매우 즐거워하셨다. 이제는 다 남의 소유가 되어 버린 외갓집과 외할머니의 논밭을 지나면서 열두 살 추석 무렵에 사라호 태풍(1959)이 불어 강이 범람하고 순식간에 강물이 들판을 가득 채우고 마당 평상까지 차올라서 정말 무서웠다는 이야기, 동네 친구들과 골목길과 빨래터에서 놀았던 이야기, 외할머니가 장에 가서 채소를 팔아 번 돈으로 사 오신 돔배기를 소금에 절여 장독에 넣어 두고 먹었던 이야기 등 옛 추억을 줄줄 풀어내셨다. 그 짭조름한 돔배기 탕국 맛은 나도 잊지 못한다. 외할머니는 내가 외갓집에 갈 때마다 그 반찬을 해 주셨다. 나무 장작으로 불을 지펴 가마솥으로 밥을 하고 그 밥 위에 양푼이 계란찜을 올리셨다. 데친 호박잎에 빡빡한 된장찌개를 넣은 쌈을 먹었던 기억, 시원한 우물물에 밥을 말아 먹었던 기억도 난다. 비 오던 날 초가지붕 처마에서 떨어지던 빗물도 생각나고, 대문 가까이 매여 있던 강아지와 변소 옆 외양간에 매여 있던 소도 생각난다. 특히 여름날 해 질 무렵에 집집 마다 밥하는 연기와 냄새가 풍기고 개가 짖고 풀벌레가 울고 뭔가 재미있는 일이 일어날 것 같은 묘한 기분을 느꼈던 기억도 난다. 내가 이럴진대 하물며 우리 엄마는 어떠실까.

엄마가 늙어가듯 엄마와 얽혀 있던 장소들도 변했다. 엄마가 다녔던 초등학교는 농기계임대사업소로 변했고 중고등학교는 부지를 팔고 외곽으로 옮겨 갔다. 엄마가 살던 옛집에는 다른 사람이 살고 외할머니가 가꾸시던 논과 밭은 남의 소유가 된 지 오래다. 엄마와 함께 뛰놀던 친구들은 모두 다른 곳으로 시집가고 이제 그곳에는 아무도 없다. 더 이상 젊은 사람이 살지 않는 농촌 마을의 쇠락해 가는 풍경은 잠시 아름답던 시절의 추억을 상기시켰지만 오래 머무르게 하지는 못했다. 엄마는 그 동네에서 오래 머물고 싶어 하지 않으셨다. 우리는 동네를 벗어나는

언덕길을 오르면서 몇 번 뒤를 돌아보긴 했지만 이
내 새로운 풍경 속으로 들어갔다. 언제까지나 추억
속에 머물러 있을 수는 없는 법이다. 그렇게 외갓집
동네를 벗어나자 우리의 대화 주제는 지나간 옛이
야기가 아니라 다가올 미래의 이야기로 전환되었다.
그러자 뜻 모를 홀가분함이 느껴졌다. 역설적이게도
늙으신 엄마와 함께했던 그 산책은 우리를 희망찬
미래로 나아가게 했던 것이다. 그래서 우리는 세월
속에서 낡아져 감에도 불구하고 낙심하지 않을 수
있는 가 보다.

경주를 걷는 게 좋아

혹시 정지아 작가 아니신가요?

작가들은 대개 첫 문장을 두고 깊은 고민에 빠진다고 한다. 정지아 작가는 《아버지의 해방일지》를 이 문장으로 시작했다.

"아버지가 죽었다. 전봇대에 머리를 박고. 평생을 정색하고 살아온 아버지가 전봇대에 머리를 박고 진지 일색의 삶을 마감한 것이다."

분명 아버지의 죽음을 이야기하고 있는데 슬프기보다는 미소가 지어졌다. 나는 싸이코패스인가? 아니다. 이 문장에서 느껴지는 표현하기 어렵지만 명백한 위트를 포착했기 때문이다. 이런 식의 은근한 위트는 마지막 책장을 덮을 때까지 계속 이어졌다. 진지하면서도 재미있는 글, 술술 읽히면서도 묵직하게 마음에 머무는 문장들이 좋았다. 과연 정지아였다.

2023년 내가 가장 재미있게 읽은 책 중 하나가 《아버지의 해방일지》였다. 평소 책을 좋아하는 두 누나와 나는 정지아 작가의 다른 책들도 찾아 읽었고 서로 빌려 주기도 했다. 그렇게 정지아의 소설을 두루 찾아 읽고 《마시지 않을 수 없는 밤이니까요》라는 음주 장려 에세이까지 읽고 나니 이제 그녀를 만나고 싶어졌다. 그녀가 태어나고 숨 쉬고 자란 동네를 걷고 싶어졌다. 생각이 하나로 모인 우리는 검색을 통해 그녀가 어머니와 함께 고향 구례에 살면서 가끔 서울을 오간다는 사실을 확인했다. 우리는 지체 없이 구례에 숙소를 예약했고 맛집들과 걷기 좋은 길을 검색했다. 때는 2024년 2월 말이었다.

구례에 도착한 시간이 점심 무렵이라 곧바로 다슬기 수제비로 유명한 '부부식당'에 들렀다. 구름이

          경주를 걷는 게 좋아

끼고 진눈깨비가 흩날리는 추운 날씨어서 뜨끈하고 칼칼한 국물이 제격이었다. 밑반찬들도 다 맛있다는 칭찬과 함께 식당 선정이 좋았다는 자화자찬까지 늘어놓으며 우리의 구례 여행 시작을 자축했다. 다음 코스로 찾았던 천은사와 천은 저수지는 한산했다. 참 좋은 자리에 터를 잡고 앉은 고요한 사찰이었는데, 걷기를 사랑하는 우리는 천은 저수지 둘레길도 놓치지 않고 걸었다. 귀가 떨어져 나갈 듯 세찬 겨울 바람이 직통으로 불어오는 천은 저수지 제방을 지날 때는 10년 전 겨울에 우리가 함께 거닐었던 핀란드의 도시 포르보 Porvoo 가 떠올랐다. 그때 정말 추워서 장갑을 벗을 수가 없었다. 추위 때문에 휴대전화 밧데리가 급속도로 감소했고 중간에 카페에 들어가 몸을 녹이지 않고는 마을 한바퀴를 돌기가 어려웠다. 헬싱키에서 북동쪽으로 50km 정도 거리에 있는 도시가 이 정도라면 산타 마을이 있는 로바니에미 Rovaniemi 나 오로라를 보기 위해 가는 칵슬라우타넨 Kakslauttanen 같은 도시의 추위는 상상이 되지 않았다. 우리는 몸을 녹이자며 구례읍으로 내려와 차를 마시고 다시 섬진강 변에 조성되어 있는 대나무 숲 길을 걸었다. 충분히 걷고 조금 늦은 저녁 식사를 위해 다시 읍내로 돌아왔더니 식당들이 다들 일찍 문을 닫았다. 그나마 찾아간 노포 식당에서는 식재료가 떨어졌다고 했다. 용케 늦게까지 하는 중식당을 찾아 짬뽕을 먹고 숙소로 이동했다.

　다음 날 아침에는 뜨끈한 온천에 몸을 담갔다가 '목월빵집'에서 방금 구워져 나온 신선한 빵과 향기로운 커피로 행복한 아침 식사를 즐겼다. 다채로운 빵들이 가득한 '목월빵집'은 우리가 구례에서 발견한 가장 사랑스러운 공간이었다. 빵 맛, 빵 냄새, 빵 모양, 실내인테리어까지 어느 것 하나 사랑스럽지 않은 게 없었다. 그래서 그런지 사장님의 빵 부심은 멀리 내다보이는 지리산 천왕봉보다 높았고, 충분히 그럴만하다는 생각이 들었다. 혹시나 싶어 '목월'의 의미를 물어 보았더니 아니나 다를까 경주 사람 박목월 시인을 좋아해서 '목월빵집'이라고 이름 지었다 하신다. 경주와 구례가 연결되는 순간이었다. 경주에 박목월과 김동리가 있듯이 구례에는 정지아가 있다.

　　　　　　　　　경주를 걷는 게 좋아

약은빵이의 홈
100% 빵
11,500
고대밀 약콩
사워도우
2,000
마부지흑밀
100% 빵
11,500
블루베리
크림치즈 빵
5,500
소금이 숨쳐져 있어요
흑밀 잡곡른
크로와상
4,500
복숭아
크림치즈빵
4,500

이렇게 여행은 뜻하지 않은 연결의 기쁨을 선사한
다. 문학을 통해 지역이 연결된다는 것은 많은 것을
생각하게 했다. 비단 경주와 구례뿐이겠는가. 문학은
세계 만민을 연결시킨다. 그나저나 내가 경주에 '지
아빵집'을 열어야 하나? 아니다. '지아술집'을 열어야
겠다. '조니워커 블루라벨'을 전문적으로 취급하는
문학 술집.

시골 동네에 이런 퀄리티 있는 빵집이 있다는 사
실이 놀라웠다. 매일 거의 모든 빵이 완판되고 늦게
오면 헛걸음하는 경우도 많다고 했다. 입소문이 나
서 이제 구례를 찾는 관광객들이 꼭 다녀가는 전국
구 빵집이 된 듯 보였다. 우리는 마늘빵을 비롯한 몇
가지 빵을 주문하고 2층에 자리를 잡았다. 겨울 아
침 햇살이 창으로 비춰 들고 창밖으로 보이는 동네
풍경이 정겨웠다. 테이블과 의자, 인테리어 소품, 조
명까지 어느 것 하나 대충 해놓은 부분이 없어서 한
번 더 놀랐다. 초록색 문, 노랗고 빨간 의자들, 다양
한 크기와 모양의 조명 장치들, 레트로 retro 적이면서
도 세련된 느낌이 물씬 풍겼다. 이런 환상적인 공간

                              경주를 걷는 게 좋아

에 손님은 우리밖에 없었고 맛있는 빵과 커피, 고급스러운 수다는 풍성했으니 어찌 행복하지 않았겠는가. 모든 것이 완벽했다.

'목월빵집'에서 나와 읍내를 이리저리 걸어 다니다가 '토담'이라는 식당에서 점심을 먹고, 오산 鰲山 사성암 四聖庵 을 찾았다. 구례읍을 휘돌아 나가는 섬진강과 구례 들판이 한눈에 내려다보이는 멋진 곳이었다. 그러고 나서 우리는 이번 여행의 마지막 코스 정지아 작가의 고향집이 있다는 백운산 자락 간전면 시골 마을로 갔다. 차를 세우고 마을 길을 걸어 보았지만 그녀의 집을 찾지는 못했다. 애초에 '정지아 작가를 만나러 간다'라는 콘셉트의 여행이었지만 실제로 그녀를 만날 수 있을 거라고 생각한 건 아니었다. 우리를 매료시킨 작가가 사는 동네를 직접 찾아 그곳 공기를 들이켜고 싶을 뿐이었다. 시골 동네를 걸으며 지리산과 백운산이라는 대자연의 축복이 작가의 문장으로 드러났다는 생각을 했다. 대자연 속에 깊이 침잠해 본 사람만이 쓸 수 있는 문장이 있는 법이다. 그런 감성은 도시에서 태어나 살면서 배워 쓸 수 있는 게 아니기 때문이다. 대자연뿐 아니라 사회주의자였던 작가의 아버지와 어머니가 겪으셨던 세월의 무게와 무늬 또한 두말할 필요 없는 문학적 자산이 되었을 것이다. 오랫동안 작가를 옭아매는 사슬로 작용하기도 했겠지만 그 남다른 사상과 흔치 않은 경험은 그녀를 소설가로 만든 원초적 동력이었을 것이다.

이제 여행을 마무리 짓고 구례를 벗어나기 전에 마지막으로 빵과 커피를 사려고 다시 '목월빵집'을 찾았다. 그런데 여기서 놀라운 일이 벌어졌다. 큰누나는 차에 있고, 작은누나는 화장실에 간 사이 '목월빵집' 앞에 서 있던 내 앞으로 정지아 작가로 보이는 사람이 빵집으로 들어가는 것이 아닌가. 열린 문 사이로 이런저런 말소리가 들리더니 그녀가 다시 문 밖으로 걸어 나와 내 앞을 지나쳐 갔다. 마스크를 쓰고 있었는데 마스크 위로 보이는 안경 쓴 눈이 꼭 정지아 작가 같았다. 그런데 영상에서 보았던 체격보다 조금 왜소해 보이는 게 문제였다. 영상으로 본 그녀는 훨씬 더 건장해 보였기에 내가 잠시 긴가민가

　　　　　　　　　　경주를 걷는 게 좋아

주춤하는 사이 그녀는 내 앞을 지나 읍내 방향으로 걸어갔다. 막 화장실에서 나온 작은 누나도 뒷모습만으로 그녀를 분간해 내지 못했다. 얼른 차에 올라 그녀 옆으로 차를 몰아 옆모습을 보았는데 큰누나도 체격이 작다며 아닌 것 같다고 했다. 그렇게 우리는 직접 그녀에게 "혹시 정지아 작가 아니세요?"라고 물어 보지 못하고 돌아오고 말았다. 집에 돌아온 나는 찜찜한 마음에 '목월빵집' 사장님께 받은 명함을 꺼내어 전화를 걸었다. 혹시 오늘 저녁에 정지아 작가가 빵집에 왔었는지 물었고 그분은 아마 그랬을 수 있다는 애매한 대답을 내놓았다. 가끔 빵집을 찾아오는데 친하지는 않아서 확답을 드릴 수는 없다는 이야기였다. 전화를 끊고 나서 유튜브에 나와 있는 정지아 작가의 목소리와 최근 머리 스타일을 확인하고서야 비로소 그날 저녁 내가 본 그분이 정지아 작가였다는 확신을 갖게 되었다. 구수한 전라도 사투리가 섞인 50대 여성의 목소리는 열린 빵집 문틈으로 새어 나왔던 그 목소리였고, 마스크 위로 보았던 동그란 안경과 안경 너머의 총명한 눈과 강렬한 눈빛은 분명 그녀의 얼굴이었다. 무엇보다 내가 놀라 주춤하면서 말을 걸어 볼까 말까 망설이는 모습을 보며 살짝 미소 짓는 것처럼 보였던 눈은 그녀가 정지아 작가라는 믿음을 더욱 굳건하게 만들었다. 분명 마스크에 가려진 그녀의 입꼬리도 살짝 올라갔을 것이다. 《아버지의 해방일지》 첫 문장 속에 담긴 위트를 감지했던 내 입꼬리처럼. 말을 걸어 보지 못해서 속 시원하게 확인하지는 못했지만 그날 우리는 분명 정지아 작가를 만났다. 그 짧은 순간은 우리 여행의 동기와 콘셉트가 성취되는 순간이었던 것이다. 꼭 만나려고 한 것도 아니고 만나지 않아도 상관없다더니 이제 와서 웬 억지냐 싶겠다. 사실 내 마음 깊은 곳에는 그녀와 마주 앉아 조니워커 블루라벨을 마시며 밤이 늦도록 인생과 문학에 관해 이야기하고 싶은 소망이 있었던 것 같다.

《아버지의 해방일지》의 주인공 아리는 자기 가족들이 나누었던 대화를 3가지로 요약했다. 첫째는 뭘 먹을지, 어느 학과에 갈지 등의 긴요한 이야기, 둘째는 시국에 관한 걱정과 정세 이야기, 셋째는 빨

  경주를 걷는 게 좋아

치산 이야기.

"나는 빨치산 이야기를 밤마다 엿들으며 현대사를 배웠다. 이렇게 말하고 보니 우리 가족이 별로 말을 나누지 않은 것 같겠지만 천만의 말씀. 우리 가족은 어느 가족보다 말이 많았다. 다만 그 말이 공적이고 논리적이고 정치적이었을 뿐이다."

이 대목에서 나는 우리 현대사의 아픔이 한 가족의 대화까지도 잠식했구나 싶어 잠시 슬펐지만 곧이어 나오는 문장을 보며 또 한 번 웃었다.

"세상으로 돌아왔지만 여전히 혁명가였던 내 부모에게는 연애도, 옷도, 화장도, 별 의미 없는 사치에 불과했다. 그 틈에 끼어 나는, 혁명가도 아닌 나는, 신념도 없는 나는, 일상의 평범한 대화를 맛보지 못한 채 어른이 되고 늙어가는 중이었다. 혁명가도 아니고 신념도 없는 주제에 진지하지 않은 것은 참지 못하는 꼰대 같은 어른으로. 그러니까 아버지, 나는 억울하다니까요! 그래봤자 아버지는

죽었고, 죽어서도 혁명가인 양 영정사진 속에서 근엄한
얼굴로 딴청을 피우고 있었다.”

좋은 세상이다. 사회주의자 아버지를 둔 작가가
베스트셀러 작가가 될 수 있는 세상이니까. 하지만
여전히 어두운 세상이다. 어둠이 빛을 포박하고 기
소하고 구속한다. 일상적으로 어둠이 빛을 이긴다.
가끔 빛이 어둠을 이길 때도 있지만 그 이김은 완
전한 이김, 속시원한 이김도 아니다. 그래서 답답하
고 분하고 어쩔 줄 모를 때가 많다. 하지만 아주 가
끔 찾아오는 이 미완성의 이김을 바라보며 묵묵히
제 길을 걸어갔던 선조들이 있었다. 곧 있으면 배우
현빈이 안중근으로 나오는 영화 ‘하얼빈’이 개봉한
다. 김훈의 소설 《하얼빈》과는 제목이 같을 뿐 상관
이 없다고 하는데 벌써부터 기대가 크다. 소설 《하
얼빈》에서 주인공 안중근은 키 큰 러시아인들 사이
로 보이는 이토를 보고 이렇게 말한다.

“저것이 이토로구나 …… 저 작고 괴죄죄한 늙은이가

　　　　　　　　　　　경주를 걷는 게 좋아

…… 저 오종종한 것이 ……"

나는 이 부분을 읽을 때 묘한 위로를 받았다. '저 작고 괴죄죄하고 오종종한 늙은이'가 우리나라를 결딴내고 좌지우지하는 대단한 놈이라고 일본 사람들은 추앙했겠지만 안중근의 눈에 비친 그놈의 모습은 한 마리 늙은 늑대에 불과했다.

"탕, 탕, 탕, 코레아 후라! 이토는 곧 죽었다. 이토는 하얼빈역 철로 위에서 죽었다."

이토를 죽였지만 대한제국은 일제에 강제 병합되었고 35년간이나 식민지배를 받았다. 안중근은 뤼순 감옥에서 순국했고, 그의 아들 안준생은 이토를 추모하는 사찰 박문사 博文寺 에서 이토 영전에 향을 피우고

"죽은 아버지의 죄를 내가 대신 속죄한다."

라고 말할 수밖에 없었다. 비통한 사실이다. 그럼에

도 묵묵히 제 길을 간다는 건 이런 것이겠다. 어둠
이 깊고 강고해서 자주 지고, 어쩌다 간혹 이긴다
해도 속 시원히 이기지 못할지라도 실망하지 않고,
해야 할 일을 하고, 옳은 일을 계속해 나가는 것. 우
리가 경주를 걷고 있는 그 시간에도 세상에서는 어
둠이 빛을 때리고 압살하는 일들이 반복될 것이다.
하지만 흔들리지 않는 마음을 품고 하얼빈으로 향
했던 안중근을 생각하며 뚜벅뚜벅 경주를 걷자. 자
주 어둠이 빛을 이기지만, 영원히 이기지는 못한다
는 것을 믿으며 뚜벅뚜벅 걷다 보면 어둠과 싸우는
일에 일조하고 싶은 우직하고 용감한 마음이 생겨
날 것이다. 그런 사람이 많아지면 조금 더 밝은 세상
에 가닿게 되지 않겠는가.

　우리가 정지아 작가의 책을 읽고 구례에 가고 싶
었던 것처럼 김동리와 박목월 작가의 책을 읽고 경
주를 찾는 이들도 있을 것이다. '목월빵집'같은 멋진
공간이 경주에 여럿 있으니 다행이다. 나는 기대해
본다. 경주의 자연이 김동리와 박목월에게 주었고,
구례의 자연이 정지아에게 주었던 문학적 영감 靈感

과 감동 感動 이 경주를 걷는 모든 이들에게도 주어지
길 말이다. 물론 나에게도 풍성하게.

친애하는 톨킨

아이들이 《빨간 머리 앤》을 열심히 보더니 역할 놀이를 한다. 영어 이름을 정하고 서로 편지를 주고받는데 편지의 시작이 보통 이렇다. '친애하는 조이에게.' 앤은 많은 사람들에게 편지를 쓰면서 꼭 '친애하는 dear '이라는 말을 붙인다. 정말 귀여운 말이다. 앤이 사랑스러운 이유 중 하나가 이렇게 정중하게 편지를 시작하고서 자기가 하고 싶은 말은 다 하는 당당함과 당돌함에 있다. 나는 우리 딸이 앤처럼 자라기를 바란다.

딸아이의 사랑스러운 편지 놀이를 보면서 나도 '친애하는 톨킨'에게 편지를 쓰고 싶어졌다. 왜 톨킨

John Ronald Reuel Tolkien 이냐고? 《호빗》과 《반지의 제왕》을 쓴 그를 어찌 친애하지 않을 수 있는가. 《해리포터》를 쓴 롤링 Joanne Kathleen Rowling 은 《반지의 제왕》을 열 번도 더 읽었다고 하면서 자신에게 가장 큰 영향을 끼친 사람으로 톨킨을 꼽았는데 나에게도 그는 큰 감동과 즐거움, 신선한 영감을 선사해 주었다. 그래서 짧은 시간이었지만 2023년 여름 런던으로 여행을 갔을 때 옥스퍼드 대학에 다녀왔다. 패키지의 한계로 인해 톨킨의 흔적을 충분히 돌아보지 못해서 무척 아쉬웠지만 다시 찾아와야 할 이유를 확인하기에는 충분한 시간이었다. 초등학교에 다니는 아이들과 함께 갔기 때문에 고풍스러운 옥스퍼드 대학 거리를 걸어보는 것으로 만족하기로 하고, 톨킨이 공부했던 엑시터 컬리지 Exeter College 근처에 있던 카페 Knoops Chocolate 에서 달콤한 젤라또를 먹었다. 마침 거리 여기저기에서 졸업식 행렬이 진행되는 광경을 볼 수 있었다. 맨 앞에 노교수님이 서고 앳된 졸업생들이 학사복을 입고 뒤따르는 광경은 신선했다. 이들은 오래도록 이런 식으로 college 별 졸업식을

해 왔다. 문득 나도 고풍스러운 학사복을 차려입고 저들의 행렬에 끼어서 학문의 전당으로 들어가 세계 최고의 석학들을 만나 교류하고 싶은 충동을 느꼈다. 톨킨이 매일 출퇴근 했던 길, 분필 가루가 흩날리던 강의실, 학생들을 개별 지도하고 글을 쓰던 연구실, 친구들과 매주 만나던 카페, 그가 살던 집, 산책하던 오솔길을 찾고 싶었다. 충분한 시간을 옥스퍼드에 머물면서 그의 삶을 추적하고 싶은 열망을 가득 안고 런던으로 돌아오는 버스에 올랐다. 곧 다시 오리라 다짐하면서.

올해 지인들과 함께 WALK & TALK 라는 이름의 걷기 모임을 만들었다. 한 번은 제일 앞에서 걷다가 문득 뒤를 돌아보았는데 뒤따라오는 회원들의 모습이 《호빗》에 나오는 '소린의 원정대' 같아 웃음이 났다. 이건 《반지의 제왕》에 나오는 '프로도의 반지원정대'보다 훨씬 투박한 난쟁이들의 원정대지만 나는 훨씬 더 정이 갔다. 우리는 뱀의 출현을 걱정하는 마음으로 좁은 산길을 한 줄로 서서 걷기도 하고, 모내기 하기 전 물 댄 빈 논과 누렇게 익은 벼들

　　　　　　　　　경주를 걷는 게 좋아

이 빽빽이 들어 차 있던 들판 길을 당당하게 걷기도 했으며, 벚꽃 피던 봄과 매미 소리가 울창하던 여름, 비가 내려 분위기 있던 가을과 첫눈 날리던 겨울에도 쉬지 않고 걸었다. 낮에도 걷고 밤에도 걸었으며, 평지 길도 걷고 오르막 내리막길도 걸었다. 포장된 길도 걷고 흙길도 걸었으며, 산길도 걷고 바닷길도 걸었다. 우리가 걸으면 길이 된다는 거룩한 믿음으로 때로는 길이 아닌 길로도 걸었고, 그 새로운 길 끝에 갑자기 펼쳐진 아름다운 광경에 경탄을 보내기도 했다. 3월부터 12월까지 10개월 동안 한 달에 두 번꼴로 꾸준히 걸었고, 한 번 걸을 때 적게는 2시간 많게는 3시간 이상 8~10km를 야무지게 걸었으니, 우리의 걷기를 외로운 산 에레보르를 찾아 떠났던 '소린의 원정대'에 빗대는 것이 결코 과장은 아니다.

스마우그에게 빼앗긴 난쟁이들의 옛 왕국 에레보르를 되찾기 위한 여정에 뜻하지 않게 말려든 빌보는 이 모험을 통해 자기 속에 있던 아름다운 가치들을 발견했다. 용기, 우애, 긍휼, 희생, 인내, 지혜 등 자기 속에 이미 존재했지만 그동안 미처 깨닫지

못했던 아름다운 인성의 요소들이 발현되었다. 그때마다 빌보는 성장했다. 편안한 샤이어 땅속 집에만 머물렀다면 결코 이루지 못했을 인격의 성장을 이루었다. 소린의 원정대에 합류하기 전의 빌보와 여정을 마치고 돌아온 빌보는 전혀 다른 사람이 되어 있었다. 물론 간달프의 마지막 경고처럼 여전히 빌보는 큰 세상 속에서 작디작은 존재에 불과하다. 반지에 대한 골룸의 집착이 그대로 빌보에게 옮아간 것만 보아도 알 수 있다. 모험 이후에도 그는 하루에 다섯 번씩 식사하고 이웃들과 티격태격 다투기도 하는 평범한 존재다. 하지만 난쟁이들과 함께했던 모험은 분명 그를 성장시켰다.

지난 한 해 WALK & TALK 정기모임과 번개모임에서 함께 걷고 이야기 나누었던 우리는 어떤 성장을 이루었을까. 눈에 띄게 성장했다고 말할 수 있는 부분은 거의 없을지 모른다. 그러나 각자의 은밀한 내면에는 말로 표현하기 어려운 아름다운 흔적들이 새겨졌으리라 생각한다. 이 모든 것을 성장이라고 명명할 수 있다면 우리의 여정은 그 자체로 아름답고 의미롭다. 사실 가장 많이 성장한 사람은 나 자신이다. 우리의 여정 속 모든 길이 내게는 익숙한 길이었지만 걸을 때마다 새로웠다. 그날 내 몸과 마음의 상태에 따라 익숙했던 길이 낯설게 다가왔고, 전혀 처음 걷는 길인 양 신선하게 느껴지기도 했다. 또한 함께 걸었던 동행들로 인해 한층 더 의미로웠다. 다른 이들이 아니라 바로 우리가, 그리고 우리 사이의 유니크 unique 한 소통이 익숙한 모든 것을 의미롭게 만들었다. 나는 매번 이런 생각을 하면서 걸었고 깊은 만족을 누렸다.

톨킨은 친구들과 정기적으로 장거리 도보여행을 다녔다. C.S. 루이스와 세실 하우드가 적극적인 기획자였는데 차츰 톨킨과 다른 친구들도 이들과 함께 긴 산책과 장거리 도보여행을 즐겼다. 나중에는 정기적인 연례 도보여행으로까지 발전했다. 목표를 정하고 출발지로 모여 여정을 시작한 후 하루 분량의 걷기를 마치면 근처 숙소에서 쉬었다가 다음날 다시 출발하는 방식으로 진행되었다. 길게는 나흘 이상 걷는 때도 있었다. 《루이스와 톨킨의 판타지 문

　　　　　　　　경주를 걷는 게 좋아

학 클럽》을 쓴 콜린 듀리에즈 Colin Duriez 는 옥스퍼드 대학의 교수 발렌타인 커닝햄 Valentine Cunningham 의 글을 인용하며 톨킨과 친구들의 산책과 도보여행에 관해 이렇게 서술하고 있다.

"풍경을 산책하고 지도를 그리고 주의 깊게 관찰하는 것이야말로 1930년대의 문학적 감각 그 자체였다. 또한 새로운 교외로 들어가거나 가로지르는 길 위, 또는 그 여정에서 예술과 정치를 발견할 수 있다고 여겼던 '30년대 작가들'에게도 가장 중요한 부분이었다. (중략) 루이스와 그 친구들은 산책 혹은 반드시 산책이 포함된 짧은(때로는 조금 긴) 휴가에 매료되었다. 앞서 본 것처럼 학부 시절 루이스는 네빌 코그힐과 힌크시 언덕을 걸으면서 책과 사상에 대해 열띤 토론을 벌이곤 했다. 톨킨의 《호빗》이 1930년대에 창작되었고, 내용의 많은 부분이 긴 여정, 그것도 걸어서 하는 여행으로 이루어진 것이 우연은 아닐 것이다."

그러고 보면 버지니아 울프 또한 톨킨, C.S. 루이

스와 마찬가지로 '30년대 작가들' 중 한 사람이다. 나는 그들보다 100년 후의 사람이지만 그들과 깊은 동질감을 느낀다. 이것은 걷기가 시대를 초월하는 보편성과 영원성을 가졌다는 증거일 테다. 그래서 성별과 국적, 나이조차 문제가 되지 않는다.

나는 톨킨의 작품을 읽다가 그에게 매료되어 그의 삶을 다룬 책들을 찾아 읽고 영화도 보았다. 그러면서 그의 가족과 친구들을 알게 되었고, 그의 작품이 친구들의 우정 동아리 안에서 먼저 낭독되고 비평된 후에 출판되었다는 사실도 알게 되었다. 톨킨은 정기적으로 월요일 아침마다 루이스와 개인적으로 만났고, 화요일 점심시간 전에는 'Eagle and Child'의 안쪽 방 'The rabbit room'에서 사과주를 마시며 '잉클링스 Inklings' 모임을 가졌으며, 목요일 저녁에는 모들린 칼리지 Magdalen College 에 있던 루이스의 연구실에서 느긋한 만남을 이어갔다. 일주일에 적어도 두 번 이상 친구들과 만나 서로의 작품을 낭독하고 비평했으며 때로는 격렬하게 토론하기도 했다. 그러다가 그 친구들과 함께 긴 산책을 하고, 때때로

　　　　　　　경주를 걷는 게 좋아

며칠씩 걷는 장거리 도보여행을 떠나곤 했던 것이다. 길 위에서도 그들은 지칠 줄 모르고 시와 소설, 문학과 철학을 논했는데, 루이스는 이 아름다운 날들을 《네 가지 사랑》이라는 책에서 이렇게 추억했다.

"황금 같은 시간들이다. (중략) 슬리퍼 신은 발을 불가로 뻗고 음료를 마신다. 우리의 대화에 온 세상이, 그리고 세상 너머의 무언가가 우리 마음을 향해 열린다. 누구도 상대에게 뭔가를 요구하거나 책임지지 않으며, 모두가 한 시간 전에 처음 만난 것처럼 자유인이면서 동등하다. 그러는 동안 해가 갈수록 애정이 농익어 우리를 감싼다. 인생-타고난 삶-이 줄 수 있는 선물로 이보다 나은 것은 없다. 누가 그걸 누릴 자격이 있을까?"

나는 희망한다. 친구들과 함께 시와 소설, 문학과 철학, 예술과 신학을 논하면서 세상의 아름다운 길들을 찾아 오래도록 걷고 싶다. 그 여정에는 버지니아, 톨킨, 루이스도 함께 할 것이다. 영국을 횡단하는 길 CTC Coast To Coast 315km를 걷는 날을 고대한다. 그날을 위해 미리 '친애하는 톨킨'에게 편지를 보내놓는다.

친애하는 톨킨, 잘 쉬고 있지요?

당신이 살던 100년 전에는 없던 멋진 트레킹 코스가 영국에 생겼어요. 서쪽 해안에서 동쪽 해안까지 걷는 길인데 보통 CTC Coast To Coast 라 불러요.

함께 걸읍시다. St. Bees에서 시작해 Robin Hoods Bay까지 약 20일 걸릴 거예요. 국립공원을 세 개나 지난다니 적잖이 기대되는군요. 하지만 더 기대되는 건 당신과 함께 걷고 이야기 나눌 수 있다는 점이에요.

참, C.S.루이스와 함께 와도 좋아요. 저도 친구들과 같이 갈게요. 물어 보고 싶은 게 한두 가지가 아닙니다. 다시 한번 황금 같은 시간을 만들어 보자고요.

그럼, St. Bees 역에서 곧 만나요.

Take care

   경주를 걷는 게 좋아

4부

음악과
사상

통영 바다의 물결이

뱃전에 부딪히는 소리조차도

음악적 경험이었다고 말했던 윤이상처럼

이 길을 걷는 나는

어린 시절 들었던

에밀레종 소리를 생각한다.

통영 바다의 물결이

뱃전에 부딪히는 소리조차도

윤이상 「관현악을 위한 전설: 신라」

경주는 만파식적 萬波息笛 의 고향이다. 삼국유사에 그 유래가 자세하게 나온다. 정치적 불안이나 국난이 발생했을 때 이 피리를 불면 적군이 물러가고, 전염병이 나으며, 홍수와 가뭄의 문제도 해결된다고 했다. 하여 왕실에서는 국가적 위기가 찾아올 때마다 태평성대를 염원하는 제례 祭禮 에서 만파식적을 불었다고 전한다. 현재 국립경주박물관 수장고에는 통일신라시대의 것으로 추정되는 옥피리 두 점이 보관되어 있다고 하는데 옥피리인 만큼 만파식적은 아니다.

신라에는 소금, 중금, 대금의 삼죽 三竹 이 있었다고 한다. 그것이 발전되어 지금 우리가 사용하는 악기들이 된 것으로 추정할 뿐 누가, 언제 이 악기들을 만들었는지는 전해지지 않는다. 나중에 조선 시대에 와서 《악학궤범》이 만들어지고 삼죽 중에서 대금 만드는 법, 운지법, 조율법 등이 정리되어 오늘에 이르렀다. 중금에 관해서는 전해지는 바가 없으며 소금도 1950년대 초 국악사양성소의 교과 과정 속에서 다시 등장하게 되었다고 알려져 있다. 그러니 현재 우리 국악기의 대부분은 자체적인 것이든 중국에서 전래 받은 것이든 조선 시대에 최종적 개량이 완료된 것이라 할 수 있다. 문화는 다양한 교류의 결과물이기 때문에 기원을 찾는 일은 어렵다. 확실한 문헌적, 고고학적 기원을 가진 것이 얼마나 될까. 기원의 증거라고 제시되는 것들도 대부분은 이미 섞이고 섞여서 순수한 기원이라 보기 어렵다. 그러니 기원 찾기에 열을 올리기보다는 이미 전해져 온 그것을 계승하고 발전시키는 데 힘을 쏟는 것이 현명한 일일 것이다.

나는 작곡가 윤이상의 「관현악을 위한 전설: 신라」라는 곡을 처음 접하고 놀랐다. 곡의 형식과 내

   경주를 걷는 게 좋아

용 때문이라기보다 제목 때문이었다. 가수 현인이 부른 '신라의 달밤(1949)' 이후 경주를 모티브로 작곡된 대중음악은 조성모의 '달빛 경주(2021)' 정도가 알려져 있다. 그런 상황에서 윤이상의 클래식 작품을 만나니 신기했다. 그는 왜 '관현악을 위한 전설'이라는 부제를 달았을까. 이 곡은 1992년 작곡되었는데 '조국에 바치는 헌사'라는 짧은 설명을 붙인 기사들이 눈에 띌 뿐 정작 곡에 대한 해설은 찾기 어렵다. 1995년에 타계했으니 그의 만년 작품인데 그는 그때 왜 '신라'를 생각했을까. 그간 그는 오페라 「심청」(1972)이나 대편성 관현악곡 「예악」(1965) 등을 통해서 꾸준히 한국의 이야기와 정서를 기반으로 한 서양 음악을 작곡해 왔으니 이 작품 또한 같은 선상에 있는 것으로 볼 수 있겠다. 서양 음악의 방식으로 동양의 정서를 표현했다는 것은 말은 쉽지만 결코 쉬운 일이 아니다. 더구나 서양 음악의 본진인 독일에서 인정받았다는 것은 보통 성취가 아닌 것이다. 나는 지인들과 경주의 밤을 걷다가 일부러 월성의 남쪽 언덕, 남천과 국립경주박물관이 내려다보

   경주를 걷는 게 좋아

이는 곳에서 이 곡을 감상한 적이 있다. 그때 아이들도 여럿 있었는데 다들 곡이 끝날 때까지 말없이 곡에 집중했다. '신라'라는 제목 그대로 신라의 옛 궁궐 터에 올라서 들었고, '밤을 위한 음악'이라는 말 그대로 야심한 밤에 들었다. 동백림사건(1967)으로 투옥되었다가 추방된 이후 죽는 날까지 다시는 조국에 돌아오지 못한 윤이상이 타계하기 3년 전에 작곡한 곡이니만큼 조국에 대한 그의 그리움이 한껏 묻어 있는 작품이다. 특히 '신라'가 역사 속에서 자취를 감춘 지는 천 년도 더 지났으니 그 옛날 '신라'를 모티브로 했다는 건 의미심장하다. 나는 그날 밤을 잊지 못한다. 내가 지금 발 딛고 서 있는 이 땅을 신라인들도 걸었을 것이고, 저 아래 내려다보이는 남천은 그때도 유유히 흘렀을 것이며, 은은한 달빛도 천 년 전 바로 그달이 보내주는 빛이 아닌가. 우리는 정말 유구하게 서로 얽히고 엮여 있다. 이것은 봉황대에서 보름달을 바라볼 때 느낀 감동과 유사하면서도 다른 울림이었다. 눈이 아니라 귀로 전해져 오는 그 깊은 연결성은 전혀 다른 형식의 감동이었다. 나는 '신라'를 들으며 천 년 세월을 거슬러 올라갔고, 온갖 장면이 머릿속에 떠올랐다. 음악이 가진 힘을 실감하는 멋진 순간이었다.

《윤이상 평전》을 쓴 박선욱에 따르면, 윤이상은 나이 마흔에 파리 국립고등 음악원으로 유학을 떠났다. 애초에 쇤베르크 Arnold Schönberg 등의 '제2 빈악파'의 음악에 관심이 많았던 터라 독일로 가고 싶었지만 당시에는 유학가려는 대학에서 초청장을 보내주어야 가능했다. 당시 그는 독일에 아는 사람이 없었다. 하여 프랑스에서 바이올리니스트로 활동하고 있던 친구 박민종에게 파리 국립고등 음악원 입학을 주선해 주길 요청할 수밖에 없었다. 파리에서의 힘든 유학 생활을 하던 그는 지도 교수 피에르 르벨 Pierre Revel 에게 제출한 작곡 과제에서

"당신의 작품은 훌륭하지만 몹시 유별나군!"

이라는 평가를 받고 안개 속에 놓인 기분을 느꼈다. 여러모로 힘겨웠던 파리에서의 유학 생활에 지친

　　　　　경주를 걷는 게 좋아

그는 서베를린 음악대학의 학장 보리스 블라허 Boris Blacher 를 만나기 위해 베를린으로 떠난다. 윤이상은 그간 자신이 작곡한 여러 곡을 보여주었는데 놀랍게도 블라허 교수는

"좋은 작품이오. 내가 가르치는 학급에서 공부하도록 하시오."

라며 특별입학을 허락했다. 등록금까지 면제받으면서 파리에서 겪고 있던 재정적 어려움과 공부에 대한 어려움이 한꺼번에 해결되는 순간이었다. 베를린에서의 생활도 어렵기는 마찬가지였지만 그는 비로소 유학 생활에 정을 붙이고, 흔들리던 중심을 바로잡아 자신이 가야 할 길을 명확히 설정할 수 있었다.

마흔에 유학을 떠났던 윤이상은 한 해 전 일기에 이렇게 썼다.

"아무튼 인생은 속아 사는 것이라 하였기에 후사는 정치인에게 맡기고 새해에 나는 20세의 청년으로 등장

할 것을 약속해 두자."

신체 나이는 마흔이지만 마음은 여전히 20세 청년이었던 것이다. 나는 유학 2년 만인 1958년 베를린 국회의사당에서 초연된 「현악 4중주 1번」을 들을 때나, 34년이 지난 1994년에 작곡한 그의 마지막 작품 「화염 속의 천사」를 들을 때도 그의 젊은 마음을 떠올린다. 또한 힌츠페터 Jürgen Hinzpeter 기자를 통해 80년 5월의 광주 소식을 독일에서 먼저 전해 듣고서 충격과 분노에 휩싸여 작곡한 교향시 「광주여 영원히」(1981)를 들을 때에는 한강의 소설 《소년이 온다》 속 동호가 느꼈을 고통과 긴장, 분노의 감정에 휩싸인다. 하지만 그의 음악을 다 듣고 나면 그 간결한 마무리 속에서 알 수 없는 희망이 느껴지기도 한다.

신라인들이 만파식적을 불어 평화를 갈구했듯이 윤이상도 음악을 통해 민주화, 민족 통일이라는 형식의 평화를 갈구했다. 이제 나는 남천, 월성, 경주박물관 부근을 걸을 때마다 자동으로 통영 사람

윤이상을 떠올린다. 통영 바다의 물결이 뱃전에 부딪히는 소리조차도 음악적 경험이었다고 말했던 윤이상처럼 이 길을 걷는 나는 어린 시절 들었던 에밀레종 소리를 생각한다. 매년 마지막 날 마지막 시간, 그 송구영신 送舊迎新 의 시간에 경주박물관에서 타종 되어 경주 곳곳으로 퍼져 나가던 에밀레종의 깊고 맑고 신비로운 종소리를 마당에 나가 귀 기울여 들었다. 이것은 아버지와 함께 통영 앞바다에 나가 밤낚시를 하던 윤이상이 느낀 음악적 감동과 같은 것이었다.

"어부들의 노랫소리가 배에서 배로 이어졌습니다. 남도창이라는 침울한 노래인데 수면이 그 울림을 멀리까지 전해주었습니다. 바다는 공명판 같았고 하늘에는 별이 가득했습니다."

지금도 여전히 에밀레종은 그 자리에 있지만 훼손의 우려 때문에 더 이상 타종하지 않는다. 대신 녹음된 종소리를 틀어주는데 얼마 전에도 종소리를 들으러 갔다. 한적한 경주박물관 경내를 천천히 걸으며 은은하고 장중한 종소리를 들었다. 어린 시절 귀 기울여 듣던 그 종소리였다. 평화를 기원하던 만파식적의 울림은 끊어졌지만 에밀레종의 소리는 지금도 울려 퍼지고 있으니 고마울 뿐이다. 1,253년째 매일 평화를 위한 종소리가 울려 퍼지는 도시 경주. 어찌 사랑하지 않을 수 있겠는가.

지난 2024년 10월 24일, '동백림사건'으로 징역 10년 형을 선고받았던 윤이상의 국가보안법 위반 사건의 재심이 57년 만에 개시되었다. 검사는 여전히 유죄를 주장하고 있다고 한다. 부디 위헌, 위법한 명령에 따라 이루어진 납치와 감금, 고문과 자백, 기소와 판결이 지금이라도 인정되어 그의 명예가 회복되기를 바란다.

　　　　　　　　경주를 걷는 게 좋아

베토벤 교향곡 6번 「전원」

"할 수 있는 한 선한 일을 하고 자유를 모든 것보다 사랑하고 왕 앞에 불려 가서도 결코 진리를 부인하지 말자."

누구의 글일까. 1793년 5월 23일의 베토벤이다. 나는 이 문장을 읽고 탄성을 내뱉었다. 과연 자유 음악가다운 당당한 말이다. 모차르트가 그토록 원했지만 도달하지 못한 자유 음악가의 길에서 성공을 거둔 베토벤은 메모에서뿐 아니라 교향곡에 자유와 환희를 담아 노래했다. 나성인은 《베토벤 아홉 개의 교향곡》에서 베토벤의 메모를 두고 이런 평가를 한다.

"베토벤은 예술가를 일종의 선지자로 여겼다. 다시 말해 사회가 미처 도달하지 못한 정치적 자유를 정신 차원에서나마 미리 경험하게 해주는 것이 그의 임무라고 생각했다. 이 점에서 베토벤은 과거의 음악가와 차별성을 지닌다. (중략) 베토벤은 음악에 자유와 진보를 담고자 했다. 그에 가장 적합한 장르는 교향곡이었다."

18세기 말에 태어나 19세기에 활동한 베토벤은 산업혁명과 프랑스 혁명, 계몽주의의 도래와 부르주아 계층의 확산, 피아노의 보급과 악보 출판 시장의 등장 등 다양한 사회 변혁이 소용돌이치던 시대의 아들이다. 더 이상 어느 귀족의 궁정이나 교회에 소속된 직장인이 아니었다. 그 자신은 직장인이 되고 싶어 했지만 역사는 그를 자유 음악가의 길로 내몰았다. 자기 안에 용솟음치는 창의성을 죽이고 몇몇 귀족들의 요구에 맞춰 그들을 행복하게 하는 곡을 쓰는 데 인생을 허비하지 않고, 자신이 하고 싶은 말과 느끼는 감정을 가감 없이 표현하여 인류를 복되게 하는 사명이 하늘로부터 주어졌던 것이다.

   경주를 걷는 게 좋아

그래서 베토벤은 본 Bonn 에서 태어나 빈 Wien 에서 죽었다. 당시 유럽 최고의 도시 빈에서 그는 마음껏 자기에게 주어진 능력을 발휘했다. 물론 그의 청력 상실로 인한 고통과 절망, 자살 결심과 유서 작성 같은 일화를 볼 때 그가 감당했던 현실적 어려움들은 상상하기 힘들 정도다. 하지만 놀랍게도 그는 이 모든 고통의 시간을 극복하고 환희로 나아갔다. 말 그대로 '환희의 송가'를 불렀던 것이다. 그래서 지금도 사람들은 「교향곡 9번」을 들을 때 그토록 격하게 공감하는 것일 게다. 사람은 누구나 인생에서 크고 작은 절망과 좌절을 경험하고 세상은 여전히 반목과 갈등, 전쟁으로 시끄러우니까. 우리 모두가 갈구하는 것은 스스로 자유롭고 더불어 평화롭게 사는 세상, 인류애가 충만한 세상이지만 현실은 여전히 아수라장 阿修羅場 이다.

나는 경주를 걸으면서 종종 베토벤의 6번째 교향곡 「전원」 Pastorale 을 떠올렸다. 특히 울창한 숲길에 들어서면 1악장이 듣고 싶어졌다. 베토벤은 1악장에 대해 '시골에 도착했을 때 깨어난 명랑한 감정'

이라고 설명했는데 말 그대로 숲에 막 도착하면 내
가 느끼는 감정도 바로 저런 것이었다. 나는 때때로
멈춰 서서 숲 한쪽에 박힌 바위나 벤치에 자리 잡
고 앉아 향긋한 나무 냄새를 맡으며 1악장을 듣곤
했다. 숲에서 들려오는 자연의 소리에 잠시 귀를 닫
고 12분 정도 베토벤의 음악에 집중한다. 그러고 나
면 지금 이 숲길을 베토벤과 함께 걷는 기분이 들곤
했다. 그가 느낀 명랑한 감정과 내가 느낀 명랑한 감
정이 같을 수는 없겠지만 시골에 막 도착했을 때 그
간 잠들어 있던 명랑한 감정이 깨어났다는 대목은
방금 내가 숲에 막 도착했을 때 갑자기 느낀 행복감
과 같았을 것이다. 어린 시절을 시골 본에서 살았던
베토벤은 청력이 점점 상실되어 가자 사람들을 피해
숲으로 들어가는 일이 잦아졌다. 조용한 숲에 들어
서면 도시의 소음에 가려져 잘 들리지 않던 소리가
들려오기 시작했다. 어린 시절 본에 살면서 경험했
던 각종 자연의 소리가 귀뿐 아니라 마음에서도 울
려 났다. 그렇게 조용한 숲속에서 베토벤은 청력이
정상으로 돌아온 것 같은 신비로운 경험을 했을 것

   경주를 걷는 게 좋아

이다. 얼마나 위안이 되었을까.

숲길을 걷는 나도 세상살이의 피곤과 스트레스로부터 자유로워지는 경험을 종종 한다. 그저 나무 사이를 이리저리 걸어 다니는 것만으로도 오감이 깨어나고 착잡하게 가라앉았던 마음이 뭉글뭉글 해진다. 다채로운 자연의 빛깔이 눈을 편안하게 해주고 각종 나무와 풀 냄새가 머리를 맑게 해준다. 도시에서는 듣지 못하던 새 소리, 벌레 소리, 나무와 풀 사이를 지나는 바람 소리, 발밑에 깔린 낙엽 밟히는 소리, 작은 계곡에서 들려오는 물소리 같은 자연의 소리가 귀를 가득 채운다. 굳이 피톤치드가 아니라도 이 모든 것들이 내 존재의 본질과 맞닿아 있다는 사실을 깨닫는 것만으로도 건강해지는 것 같다. 베토벤도 그랬을 것이다.

소설 《장 크리스토프》등의 작품을 쓰고 훗날 노벨문학상을 수상한 로맹 롤랑 Romain Rolland 은 '서른 살 베토벤의 초상'이라는 부제를 단 책 《베토벤의 생애》에서

　　　　　　　　경주를 걷는 게 좋아

라고 썼다. 베토벤의 삶이 우리에게 웅변하는 가장 보편적인 교훈이다. 고통에 맞서 투쟁하여 마침내 환희에 이른다는 것인데 왠지 모르게 나는 허전함을 느낀다. 분명 이것이 베토벤의 훌륭함이고 그를 존경하게 되는 지점이지만, 베토벤의 한 측면만 지나치게 강조된 것 같은 인상을 받기 때문이다. 베토벤에게도 말랑말랑하고 싱그럽고 가벼운 면이 왜 없겠는가. 비록 그가 열세 살부터 직업 음악가가 되어 실질적인 가장 노릇을 했지만, 우리는 그를 너무 무겁고 진지하게만 생각하는 우를 범하고 있는 건 아닐까. 시골길을 사랑하고 즐겨 숲을 산책하던 사람 베토벤도 실없는 농담을 하고, 함박웃음을 지으며 크게 웃을 줄도 아는 사람이었을 텐데. 이것은 어쩌면 안중근을 지나치게 근엄하고 목적 지향적인 인물로 묘사하는 것과 다르지 않다고 생각한다. 안중근의 사진을 자세히 보면 그는 고뇌하는 인간이었음을 알 수 있다. 최근에 복원된 그의 다른 사진을 봐도 그렇다. 그의 눈빛에서는 연민과 고뇌의 흔적이 엿보인다. 그는 동지들의 반대에도 불구하고 함경도 경흥 전투(1908)에서 잡힌 일본군 포로들을 풀어 주었고 이는 결국 아군의 피해로 이어졌다. 전쟁 포로에 관한 제네바 협정이 체결되기 30년 전의 일이었다. 나는 연구자들이 베토벤의 해학과 위트를 조금 더 드러내 주었으면 좋겠다. 그것은 그가 청력의 상실로 좌절하고 절망에 빠져 자살을 결심했던 평범하고 나약한 인간이었다는 사실만큼이나 중요한 인간성의 한 축이기 때문이다.

나는 곧 베토벤이 잠들어 있는 도시, 클래식 음악의 수도 빈으로 떠난다. 베토벤을 비롯해 내가 흠모하는 많은 음악가와 미술가들의 흔적을 더듬어 보기 위해서다. 오스트리아가 1차 세계 대전에서 패배하여 영토의 80%를 잃기 전까지 빈은 500여 년간 제국의 수도이자 유럽에서 가장 화려한 도시였다. 모차르트, 베토벤, 슈베르트, 브람스, 말러, 요한 슈트라우스 등 이름만 들어도 알만한 세계적인 음

   경주를 걷는 게 좋아

악가들이 이곳에서 활동했고, 구스타프 클림트 Gustav Klimt 와 에곤 실레 Egon Schiele 등의 '빈 분리파' 화가들의 성지인 제체시온 Secession 도 빈에 자리하고 있으며, 정신분석학의 창시자 프로이트 Sigmund Freud 도 빈에서 진료 활동을 하면서 《꿈의 해석》(1899)을 썼다. 특히 1902년 열린 제14회 빈 분리파 전시에 출품된 클림트의 「베토벤 프리즈 Beethoven Frieze」가 유명하다. 이 작품은 빈 분리파 미술가들에게 영감을 준 자유 음악가 베토벤에게 헌정되었는데 베토벤 교향곡 9번 「합창」을 시각적으로 재현한 것이다. 리하르트 바그너 Wilhelm Richard Wagner 의 편곡에 따라 모두 다섯 부분으로 나누어 표현한 길이 34m의 거대한 벽화가 사람들에게 처음으로 공개되던 날 당시 빈 국립 오페라극장 Wien Staatsoper 의 음악 감독이던 말러 Gustav Mahler 가 빈 국립 오페라 오케스트라의 금관악기 연주자들과 함께 자신이 편곡한 4악장을 연주했다. 베토벤의 자유로운 창작 정신을 기리고 새롭게 이어가고자 했던 미술가들과 음악가들이 협력하여 전혀 새로운 예술을 창조해 나갔던 것이다. 나는 그 혁명적

혁신의 현장을 직접 눈으로 보고자 한다.

빈에서 듣는 베토벤의 음악은 어떤 느낌일까. 경주를 걸으면서 베토벤의 음악을 떠올렸던 내가 실제 베토벤이 살고 작곡하고 잠들어 있는 빈에서 직접 그의 음악을 들을 생각을 하니 벌써부터 미소가 지어진다. 그의 무덤 앞에서는 무슨 음악을 들어야 할까. 피아노 소나타 12번 「장송행진곡」이 좋을까. 경주의 여기저기를 부지런히 걸어 다녔던 것처럼 빈에서도 나의 산책은 계속될 것이다. 때로는 가까운 거리를 가볍게 산책할 것이고, 또 때로는 먼 거리를 오래도록 걸을 것이다. 새벽에도 걷고 한낮에도 걸으며 야심한 밤에도 걸어 볼 것이다. 오래된 구시가지도 걷고 새롭게 조성된 지역도 걸어볼 것이며 공원과 숲길도 걷고 도나우 Donau 강 변도 잊지 않고 걸어볼 것이다. 여행 기간 내내 오로지 빈에만 머물며 책과 영상으로만 보았던 그들의 발자취를 더듬어 볼 것이다. 본을 떠나 빈에 도착한 1792년 11월 10일 베토벤은 날씨가 덥다고 했다는데 내가 도착하는 날은 날씨가 어떨까. 벌써부터 별것이 다 궁금해진다.

수운 최제우와 해월 최시형

수운 선생의 이름은 제우, 나의 이름도 제우. 그는 어리석은 백성을 구제한다는 뜻인 濟愚, 나는 임금을 돕는다는 뜻의 帝佑. 최제우의 본명은 원래 복을 짓는다는 뜻의 복술福述 이었고, 구제하고 베푼다는 제선濟宣 을 같이 쓰고 있었는데 10년간 떠돌던 유랑을 정리하고 용담정에서 기도와 수련에 전념하기 전에 이름을 제우濟愚 로 바꾸었다. 어지러운 세상에서 고통당하며 살고 있는 어리석은(어리숙한) 백성을 구제하겠다는 큰 포부를 담은 이름이었다. 제선도 공익을 위한 멋진 이름이었지만 자신이 지향하는 온전한 사명을 담을 새 이름이 필요했던 것이다. 내 이름은 수운 水雲 선생과 같은 소리를 가졌지만 뜻에 있어서는 큰 차이가 있다. 그의 이름은 민중 지향적이고 민중 구원적이었던 반면 나의 이름은 임금 지향적이고 권력 지향적이다. 작명가에게 거금 10만 원을 주고 지은 이름인데 무지렁이 민중의 대표주자셨던 우리 아버지의 기대와 소망이 가득 담겨 있다. 가까이서 임금을 모시는 사람이 되라는 소원, 고관대작이 되어서 떵떵거리며 권력도 좀 부리면서 남부럽지 않은 삶을 살라는 간절한 바람이 담겨 있다고 하겠다. 그런데 아이러니하게도 나는 어려서부터 자기소개를 할 때면 늘 수운 선생을 거론해야 했다. 왜냐하면 그냥 "김제우입니다"라고 말하면 다들 으레 "김재우입니다"로 알아들었기 때문이다. 심지어 "'최제우'라고 할 때 그 제우입니다"라고 해도 나중에 보면 '김재우'로 알고 있는 경우가 허다했다. 그래서 어느 시점부터는 그냥 포기하고 지냈다. 이런 이유로 나는 어려서부터 수운선생과 동학에 남다른 친밀감을 가지고 있었다고 할 수 있다. 정작 이름의 뜻은 정반대 방향을 가리키고 있었지만.

　　내가 동학에 본격적인 관심을 갖게 된 것은 동학농민혁명을 공부하면서부터였다. 동학농민혁명은 1894년 1월 10일에 고부 접주 녹두장군 전봉준이 주축이 되어 일으킨 혁명이었지만 그 사상적 토대는 수운 선생이 놓았고, 수운 선생의 사상을 전국적으로 확산시킨 사람은 2대 교주 해월 海月 최시형이었다. 그리고 이 동학사상은 3대 교주 의암 義庵 손병희에게로 이어져 독립선언서 작성과 3.1만세운동으로까지 이어진다. 구한말 조선 사회의 문제를 정면으로 맞부딪혀 해결하려고 했던 열혈 지사들의 행동 바탕에 동학사상이 있고, 그 동학이 조선의 변방 경주에서 배태되었다는 사실은 나를 크게 흥분시켰다. 내가 이런 멋진 동네에서 태어나고 자랐다니. 그래서 그랬나 나는 늘 반골 反骨 의 기질을 장착하고 살았다. 나만 아니라 우리 삼남매 모두 그러했다. 2019년 늦은 봄날, 용담정을 산책하던 나는 동학농민혁명기념관장님을 우연히 만난 적이 있었다. 동학농민혁명기념관은 정읍시에 있는데 그날 용담정에서 천도교 주요 인사들의 회동이 있어서 왔다

고 했다. 한적한 용담정에서 서로 인사를 주고받다
가 그분의 정체를 알고 난 나는 평소 궁금했던 '보
국안민'의 실제적 의미를 물었고, 수운 선생이 용담
골짜기 어디에서 득도의 체험을 했는지, 수운이 만
났다고 하는 그 상제(하느님)는 인격적 존재인지 아닌
지, 아니라면 이유는 무엇인지, 현재 천도교의 교세
와 현안은 무엇인지 같은 꽤 진지한 물음들을 던졌
다. 매우 구체적인 내 질문이 마음에 들었던지 그분
은 나를 대청마루에 앉으라 권하시고 1시간이 넘도
록 친절하게 대답해 주셨다. 천도교 신자가 아닌 사
람이 이렇게나 진지하게 동학에 관해 물어오는 경험
이 정말 오랜만이라며 다음에 정읍에 오게 되면 꼭
연락하라고 명함도 건네셨다. 그 후 정읍 말목장터,
관아터, 전주성까지 여행할 기회가 있었지만 안타깝
게도 내가 기념관을 찾은 날은 휴관일이라 그분을
만날 수는 없었다. 하지만 그날 용담정에서 천도교
의 핵심 인사와 깊은 이야기를 나눌 수 있었던 경험
은 나에게 매우 의미 있었다. 책을 읽으면서 궁금했
던 점들을 전문가에게 직접 질문할 수 있는 기회를

경주를 걷는 게 좋아

얻었다는 점에서 그러했고, 저 혁명적 사상이 오늘날 우리 사회에 감동적인 영향을 지속적으로 주지 못하고 있다는 안타까운 현실을 확인하는 시간이었기 때문이다.

몇 년 전 지인들과 같이 최제우 생가터를 시작으로 들판을 가로질러 구미산 용담정 龍潭亭 에 오르는 코스를 걸었던 적이 있었다. 용담정 마당에 앉아 땀을 식힌 후 나는 도올 선생이 현대 우리말로 번역한 용담가 龍潭歌 를 큰 소리로 낭독했다. 160여 년 전 수운이 무극대도 無極大道 를 깨닫게 된 상황이 매우 생생하게 표현되어 있었다. 도올은 《용담유사》에서

"'용담가'를 끝내면서 놀라운 생각이 드는 것은, 전편을 통해 서두에서 그토록 장황하게 인문 지리를 토로하는 것에 비한다면 그의 대각 내용이 지극히 짧고 간결하게 처리되었다는 것이다. 하느님과의 해우 직후였기 때문에 더욱더 많은 얘기를 할 것 같은데 '노이무공 勞而無功' 몇 마디로 끝내버리고 말았다. 그리고 마지막에 '평지 되기 애달하다'라는 비감 서린 말로써 종지부를 찍었다. 이

것이 바로 고조선의 기백이며 오만 년의 시혼 詩魂 이다. 우리가 수운을 사랑할 수밖에 없는 이유, 한국인으로서 그를 자랑치 않을 수 없는 이유가 바로 이런 담박미에 있다."

라며 이 장면을 칭송했다. 그 자리에 함께했던 우리 중 누구도 천도교 신자가 아니었으므로 수운의 영적 체험에 공명하기는 어려웠지만 구한말의 어지러운 세상을 바로잡고자 열망했던 사상가 수운의 분투에는 깊이 감동했다. 백성을 구제할 하늘의 도를 깨치기 전에는 산을 내려가지 않겠다는 결연한 자세로 매일 자신을 갈고닦으며 기도했던 이 공간은 우리 모두에게 깊은 인상을 남겼다. 자기 출세를 위한 공부 이외에는 어떤 것에도 관심을 가질 필요가 없다는 천박한 인식을 스스럼없이 드러내는 후안 厚顔 과 무치 無恥 의 시대에, 자기 욕망을 절제하고 자신을 넘어 이웃과 온 백성의 삶을 걱정하던 큰 사람의 흔적이 남겨져 있는 고결한 공간에 잠시 머물렀던 경험은 우리 마음에 깊은 울림을 주었다.

　　　　　　　　　　　경주를 걷는 게 좋아

　수운은 이곳에서 신비로운 영적 체험을 한 후 약 1년 동안 자신의 체험과 사상을 정리하는 시간을 갖고서야 포덕 布德 에 나섰다. 포덕을 시작한 때가 1861년 음력 6월이었고, 만 3년이 지나지 않은 1863년 음력 8월 14일에 수제자 해월에게 도통을 전수하고, 그해 12월 10일 체포되어 이듬해 3월 10일에 대구 감영에서 참수되었다. 그때 그의 나이는 고작 41세에 불과했다. 수운의 뒤를 이어 동학의 교세를 비약적으로 확장시킨 사람은 해월이었는데 그는 스승 수운과 3살 차이였다. 일명 '최 보따리 선생'으로 알려진 해월은 1897년 12월 24일 의암 義庵 손병희에게 도통을 넘기고 이듬해 4월 체포되어 수운과 같은 죄목으로 처형되기까지 35년 넘게 작은 보따리만 가지고 도망 다니면서 포교했다. 해월은 경주 황오리 사람으로 일찍 부모를 여의고 포항 북구 신광면의 친척 집에 여동생과 함께 얹혀살았다. 1861년 경주 현곡면에 도를 깨우친 사람이 있다는 소문을 듣고 최제우를 찾아가 제자가 되었는데 그때 그의 나이는 34세였다. 이미 처자식이 있었고 화

전을 일구어 사는 가난한 농부였다. 포항 신광면에서 경주 현곡면 구미산 용담정까지는 결코 가까운 거리가 아님에도 불구하고 그가 먼 길을 마다하지 않고 수운을 찾았던 것에서 구한말의 혼란스러운 세월에 대한 해월의 문제의식과 갈망을 읽을 수 있다. 그는 예수의 수제자 베드로처럼 수운의 수제자가 되어 스승이 못다 이룬 무극대도의 사상을 설파하고 책으로 간행하여 후세에 전했다. 그것이 《동경대전 東經大全》과 《용담유사 龍潭遺詞》이다. 수운은 당대 지식인들을 위해서 한문으로 《동경대전》을 기록했고, 무학자들과 부녀자들을 위해 한글 가사체로 《용담유사》를 썼다. 해월은 이 책들을 인쇄하여 보급한 것이다.

2019년 수운 선생의 생가터와 용담정을 방문하고 나서 경주 시내에 있는 해월 선생의 생가터를 찾았을 때 느낀 황당함을 기억한다. 주차장 한쪽에 작은 입간판이 서 있을 뿐이었다. 다행히 경주시는 2023년 해월 선생의 생가터를 매입하여 생가를 복원하고 기념관을 건립하는 사업을 시작했다. 매우

경주를 걷는 게 좋아

잘한 일이다. 경주는 신라 불교가 찬란히 꽃 핀 도시일 뿐 아니라 구한말 피폐해진 세상을 구원하고자 천지개벽을 꿈꾼 혁명적 사상 동학이 배태된 철학의 도시라는 점을 가볍게 여기지 말아야 한다. 사람들이 역사와 문화, 관광과 레저뿐 아니라 사상과 철학을 목적으로 경주를 찾을 수 있도록 하면 얼마나 좋겠는가. 사람들이 경주를 산책하다가 자연스럽게 수운과 해월을 만날 수 있도록 돕는 일은 신라 왕경과 사찰들을 발굴하고 복원하는 일만큼이나 중요하게 다루어져야 한다. 내가 느낀 황당함을 더는 사람들이 느끼지 않도록 경주시는 이 문제에도 힘을 쏟아야 한다.

해월이 수운을 찾아갔던 옛길은 이제 찾을 수 없다. 다행히 해월 생가터에서 출발해 용담정까지 걸어가는 일은 가능하다. 꽤 먼 거리지만 당시 포항 신광면에서 경주 현곡면 용담정까지 짚신을 신고 걸었을 해월을 생각하며 걷는다면 크게 문제 될 거리는 아니다. 중간에 걷는 길이 없어 일정 부분 도로를 걸어야 하는 어려움이 있지만 그 정도의 수고로움은

얼마든지 감내할 수 있다. 하지만 이 부분도 경주시가 의지를 가지고 해결해야 할 과제이다. 경주 시내를 관통하고 형산강을 건너 현곡면 들판을 가로질러 흐르는 소현천을 따라 걷는 다채로운 경험은 철학적 걷기의 새로운 전형이 될 수 있다. 수운 선생이 설파하는 진리에 가닿고자 열망하며 내딛던 해월의 희망찬 걸음에 우리의 걸음을 포개다 보면 어느새 우리는 누구이고 어디에서 와서 어디로 가며 어떻게 살아야 하느냐는 실존적 고민을 하게 될 것이다. 또한 우리 사는 이 세상은 왜 이토록 문제가 많고 날이 갈수록 고통과 번민은 더해 가는가라는 정치·경제·사회적 고민 앞에 서성이는 자신을 만나게 되기도 할 것이다. 어리석은 백성을 구원하고자 했던 수운처럼 자신과 가족의 문제를 넘어 이웃과 국가 공동체의 문제, 지구 전체의 생태 환경과 기후 위기의 문제까지 생각하게 만드는 이 길을 걷다 보면 어느새 우리 내면에서 "기장하다, 기장하다!"라던 수운의 득도 탄성이 들려올지도 모를 일이다.

마왕 신해철과 나의 레퀴엠

나는 잔나비 띠다. 잔나비 띠 중에는 재주 있는 사람들이 많다. 요즘 92년생 잔나비의 노래를 즐겨 듣는다. 잘생긴 얼굴만큼이나 감미로운 목소리가 매력적이다. 듣다 보면 68년생 잔나비 생각이 난다. 신기하게도 두 잔나비는 비슷한 제목의 노래를 만들었다. <주저하는 연인들을 위하여>와 <힘겨워하는 연인들을 위하여>. 관계의 성숙과 지속을 두고 고민하며 쉽지 않은 길을 가고 있는 연인들을 위로하고 힘이 돼 주고 싶어 하는 잔나비들의 따뜻한 마음씨가 고맙다. 특히 68년생 잔나비의 노래는 동성동본 연인들의 결혼을 금지하고 있던 1995년에 나왔는데 가사의 내용이 무척이나 애절하다. 결국 헌법재판소는 1997년 7월 '동성동본인 혈족 사이에서는 혼인하지 못한다.'라는 민법 809조 1항에 대해 헌법 불합치 결정을 내렸다. 이 결정으로 3만에서 5만여 쌍의 동성동본 부부가 합법적인 부부관계를 인정받을 수 있게 되었다고 한다. 변화된 시대에 맞지 않는 법조문 때문에 고통받던 수많은 동성동본 연인이 이 노래를 듣고 부르며 얼마나 큰 위로를 받았을지 생각하면 68년생 잔나비가 정말 자랑스럽다.

"동성동본 금혼 규제는 인간의 존엄과 행복추구권을 보장하는 헌법 이념에 반하고 혼인의 범위를 남계혈족에만 한정해 성별에 의한 차별을 하고 있어 평등의 원칙에 위반된다."

라고 판시한 재판부의 결정문을 '노래'라는 방식으로 미리 선언했던 셈인데 이런 그를 사람들은 신기해했다. 가수가 되기에는 도무지 재능이 없는 80년생 잔나비인 나는 그저 우리 잔나비 선후배들에게 물개박수를 보내고 그들이 만든 노래를 마치 내가 만들기라도 했다는 듯 어깨 한 번 으쓱하고 자주 따라 부르며 살기로 한다.

벌써 10년이 흘렀다. 세월 참 빠르다. 2014년은 우리 모두에게 참혹한 해였다. 그 해 너무 많은 사람들이 갑작스럽게 우리 곁을 떠나갔다. 4월 16일, 세월호에 탑승했다 숨진 304명의 학생과 시민. 10월 27일, 의료사고로 숨진 신해철. 그해 우리 국민 대다수는 사랑하는 이들의 허망한 죽음 앞에 할 말을 잃고 참 많은 눈물을 흘렸었다. 나도 많이 울었다. 매년 돌아오는 4월과 10월마다 이런저런 방식으로 추모의 시간을 가졌지만 슬픔은 꽤 오래 머물렀다.

어쩌다 사람들이 10년을 의미 단위로 여기게 됐는지는 모르겠지만 아무튼 10년 세월이 지나고 나니 그렇게 분노스럽고 허망하던 감정들도 조금씩 사그라들었다. 도무지 돌이킬 수 없다는 현실 앞에 헛헛한 마음이 여전하지만 이제는 담담히 그에 관한 이야기를 쓰고 싶다는 생각이 들었다. 아니, 그에 관한 이야기라기보다 그와 관련한 나의 이야기를 쓰고 싶어졌다고 하는 게 맞는 말이겠다. 이미 많은 이들이 그의 죽음을 슬퍼하며 자기만의 레퀴엠 Requiem을 작곡해 세상에 내놓았다.

"나는 결코 그의 명복을 빌지 않을 것이다. 내가 기억하는 한 그는 여전히 나와 같이 살아갈 것이므로. 우리가 그를 호명하고 그의 음악이 가진 감동을 나누는 한 그는 여전히 살아 숨 쉴 것이므로"

라고 끝맺는 음악평론가 강헌의 레퀴엠 《신해철》(2018)이 작곡되었고, 웹진 '음악취향 Y'가 기획하고 연재한 글을 모아 펴낸 레퀴엠 《신해철 다시 읽기》(2016)가 출판되었으며, 《신해철의 쾌변독설》(2008)을 신해철과 함께 썼던 인터뷰어 지승호의 레퀴엠 《아, 신해철! 그에 대한 소박한 앤솔러지》(2019)가 이미 연주되었다. 여기에 더해 그의 아내 윤원희가 그의 유고들을 모아 펴낸 《마왕 신해철》(2014)까지 포함하면 세상에는 그에 관한 책이 벌써 5권이나 존재하고 있다. 아마 올해 10주기를 맞아 그를 사랑했

던 사람들이 몇 권의 책을 더 낼지도 모를 일이다. 나는 그들처럼 그와 나의 이야기를 한 권의 책으로 묶어 내지는 못하지만 한 꼭지라도 나만의 레퀴엠을 작곡하여 그의 영전에 바치려 한다. 한동안 나의 감정은 베르디의 레퀴엠 제2곡 1번의 <진노의 날 Dies irae>과 같이 강렬했지만 10년이 지난 지금은 모차르트의 레퀴엠 제8곡 <눈물의 날 Lacrimosa> 과 같이 잔잔해졌다. 이제 '그의 없음'을 깊이 받아들이고 있고, 동시에 그가 남긴 것들을 충분히 추억하고 있기 때문인 듯하다. 하지만 잔잔한 바다에서 태풍이 만들어지듯 나는 때때로 격렬한 감정에 사로잡히기도 한다. 소중한 것을 잃고 아파하는 모든 이들의 상처는 결코 온전히 치유될 수 없기 때문이리라. 사실 '충분히 추억한다'라는 것은 애초에 불가능한 일이다.

경주를 걷다가 갑자기 신해철에게 바치는 레퀴엠을 작곡한다고 하니 이건 무슨 소린가 싶겠지만 나의 경주 걷기의 가장 빈번한 동행이자 최고의 동반자는 단연코 신해철이었다. 그의 노래에 관심을 갖게 된 중학교 1학년 이후 홀로 경주를 걷던 거의 모든 날에 나는 그의 노래를 듣거나 흥얼거리며 걸었다고 해도 과언이 아니다. 그러니 경주를 걷는 일과 신해철을 생각하는 일은 매우 밀접한 관련이 있다. 오늘의 '나'가 형성되는 중요한 시기와 과정에 그는 기본값으로 존재했다. 하여 나의 레퀴엠은 경주 산책에 관해 이야기하는 이 책에 반드시 수록되어야만 했다.

나는 그의 첫 기일부터 지금까지 매년 나만의 추모 시간을 가져왔다. 그날은 특별히 몇 곡의 노래를 연속해서 듣는데 보통 그가 자신의 장례식에서 울려 퍼질 곡이라고 말했었던 <민물장어의 꿈>(Homemade Cookies & 99 Crom Live)을 듣고, 그의 마지막 앨범이 된 REBOOT MYSELF(2014)에 수록된 <단 하나의 약속>을 이어서 들으며, N.EX.T 2집 The Return of N.EX.T Part 1: The Being(1994)에 수록된 <The Ocean: 불멸에 관하여>를 듣는 것으로 마무리한다. 그의 수많은 명곡 가운데 이 곡들은 특별히 그의 죽음을 추모하게 만드는 소중한 노래들이

                                    경주를 걷는 게 좋아

다. 누군가를 기억하는 행위는 참으로 멋진 일이다. 기억할 만한 의미 있는 누군가를 가졌다는 것은 행복한 일이다. 우리는 기억하는 행위를 통해서 그 기억의 대상을 더 깊이 알게 되고 그 앎은 우리를 더 깊은 사랑으로 이끌어 간다. 구태여 나태주 시인의 시 '풀꽃'을 언급하지 않더라도 매년 그의 노래를 음미하고 그를 떠올리는 추모의 시간은 시인이 풀꽃을 자세히 보고, 오래 보는 행위와 마찬가지의 효과를 유발한다. 해를 거듭할수록 나는 그의 노래를 자세히 들으면서 그의 예쁨을 새롭게 발견하고 있고, 오래 들으면서 그를 더욱 사랑하고 있다고 자신 있게 말할 수 있다.

그의 노래들이 내 삶 구석구석에 어떤 형태와 빛깔로 스며들어 있는지 더듬어 보는 일은 즐거운 작업이다. 그의 노래는 매우 다채로운 감정을 유발하는데 록밴드에 진심이었던 그의 웅장한 하드록 Hard Rock 장르의 노래를 듣고 있으면 심장이 쿵쾅거리며 가슴이 웅장해진다. 유려한 선율의 발라드 Ballad 를 들을 때면 가슴이 저려 오면서 눈물이 핑 돌기도 한다. 그뿐 아니라 랩 Rap 과 프로그레시브 록 Progressive Rock, 국악, 재즈 Jazz 까지 다채로운 장르를 넘나들었던 그의 노래들을 듣고 있으면 다양성을 예찬하며 도전과 실험을 두려워하지 않았던 그의 굳센 마음이 느껴져 나도 모르게 느슨해진 마음의 신발끈을 고쳐 묶게 된다. 때때로 그의 노래는 시답잖은 내 삶을 깊이 위로해 주었고, 부조리한 현실 앞에 무기력한 나의 마음에 용기를 불어넣어 주었으며, 그러한 현실을 초극하고 싶은 뜨거운 갈망을 불러일으키기도 했다. 들국화의 노래 <그것만이 내 세상>을 듣고 가수가 되기로 결심했던 가수 이적은

"노래는 소리칠 수 있게 해줬고, 노래는 울어도 괜찮다 해줬고, 노래는 내 몸속에 감춰진 나도 모르던 세포까지 한꺼번에 잠 깨웠지. (중략) 노래는 꿈을 꿀 수 있게 해줬고, 노래는 다시 힘을 내게 해줬고, 노래는 독약 같은 세상에 더럽혀졌던 혈관까지 짜릿하게 뚫어 주었지. 가슴을 치는 노래여."

                              경주를 걷는 게 좋아

라고 격정적으로 고백했다.(이적, 〈노래〉, 2007) 들국화의 노래가 이적을 흔들어 깨워 세상을 향해 소리치게 했듯이 신해철의 노래는 나를 흔들어 깨웠다. 특히 9분 45초에 달하는 <The Destruction Of The Shell>(1994)을 처음 들었던 날을 결코 잊을 수 없다. 볼륨을 아무리 높여도 이 노래가 가진 참모습을 다 확인할 수 없겠다 싶어 스피커를 원망하던 마음을 내려놓았던 나는 첫 음부터 마지막 음의 여운이 사라질 때까지 도무지 흥분을 감출 수가 없었다. '전율이 인다.'라는 관용적 표현은 그냥 만들어진 말이 아니었고 그 말을 온몸으로 경험했던 그날의 나는 또 한 명의 이적이었다.

2집 Myself(1991)에 수록되어 있던 <내 마음 깊은 곳의 너>를 처음 들었던 중학교 1학년 어느 봄날부터 그를 나의 구루 Guru 로 모시기 시작했다. 학교를 오가는 버스 안에서 내 귀에 걸려 있던 이어폰에서는 쉼 없이 그의 가르침이 쏟아져 나왔다. 미처 학교에 도착하기도 전에 그날 하루 분량의 공부를 마쳤다고나 할까. 안타깝게도 나는 나의 구루를 가까이에서 뵌 적이 없었다. 1997년 12월 27일 N.EX.T 해체를 앞둔 마지막 부산 공연에서 멀리 무대 위에 서 있는 그를 본 것이 처음이자 마지막이었다. 하지만 그가 나에게 베푼 가르침은 그가 만들어 세상에 풀어놓은 노래 속에 고스란히 담겨 있었기 때문에 굳이 그를 만나 배움을 구할 필요는 없었다. 그저 그의 노래를 듣는 것만으로 충분했다. 더구나 나는 매우 열정적인 모범생이어서 거의 하루도 빠짐없이 그로부터 배우고 익히는 학습의 시간을 즐겼다.

그를 나의 구루로 삼고 그에게서 많은 것을 배웠다고 해서 내가 그의 모든 생각에 동의하는 것은 아니다. 내가 그에게 배운 가장 큰 배움 중 하나가 '비판적 사고력'이었으니까. 학교에서 배웠어야 할 비판적 사고력을 그에게서 배웠다고 하니 왠지 씁쓸하기도 하지만 이건 엄연한 사실이다. 《신해철 다시 읽기》에서 음악평론가 심재겸은

"돈, 성공, 물질적 안위에 대한 경멸감은 이미 경험해본 이들의 특권이라는 점에서 그의 낭만적 개인주의는

　　　　　　　경주를 걷는 게 좋아

1980년대에 탄생한 중산층의 정서에 기반을 두고 있다. 게다가(억압적인) 세상과(자유분방한) 나, 획일과 차이, 철듦과 철들지 않음, 길듦과 길들지 않음과 같은 이분법이 X세대라는 광고 문구를 통해 얼마나 성공적으로 전유 되었는지를 생각해 본다면, 낭만적 개인주의에 근거한 자기애의 관념이 새롭게 등장하기 시작한 소비주의의 용어들과 암묵적으로 조응하고 있었다는 사실을 부정하기 어렵다."

라고 했는데 나는 이 말에 상당 부분 공감했다.

또한 나는 신해철이 몇 가지 주제에 지나치게 집착하는 경향이 있었다고 생각한다. 꿈, 자유, 죽음, 완성, 미래, 사회적 문제 같은 주제들인데 무한궤도 시절부터 줄곧 이 주제들을 반복해서 노래한다고 느꼈다. 물론 그 형식과 장르, 풀어내는 방법에서의 다양성과 참신함은 매우 훌륭했지만, 몇 가지 주제에 대한 천착과 반복은 세상을 바라보는 그의 사유가 보여주는 한계일 수 있겠다는 생각도 했다. 20대 초반 그가 가졌던 앞선 문제의식이 40대 중반까지 큰 변화 없이 이어졌다는 점에서 그를 일찍 깨달은 사람, 초지일관初志一貫 한 사람이라고 칭송할 수도 있지만, 뚜렷한 성장 없이 처음부터 드러난 탁월함을 끝까지 유지했던 천재 작곡가 멘델스존 Jacob Ludwig Felix Mendelssohn Bartholdy 적 유형의 인물이라고 평가할 수도 있다. 나는 멘델스존의 음악을 무척 좋아하고 그의 천재적 재능에 매번 감탄하지만, 어떤 평론가들은 그의 만년 작품의 수준이 초창기 작품의 수준과 크게 다르지 않다는 점을 지적하고 있기도 하다.

하지만 그의 음악적 역량과 기량은 확실히 모차르트 Wolfgang Amadeus Mozart적이었다고 할만하다. 모차르트는 멘델스존과 함께 클래식 음악계의 대표적인 천재였지만 그의 만년 작품은 초창기 작품과 비교할 수 없을 정도의 성장과 성취를 보여주었다고 평가된다. 비록 35년의 짧은 생이었지만 그는 1778년 12월 31일 아버지에게 보낸 편지에서 삶은

"많은 슬픔, 약간의 즐거움, 그리고 몇 가지 참을 수

　　　　경주를 걷는 게 좋아

없는 일들"

로 이루어져 있다고 말했었다. 이런 경험들이 그를 끊임없이 성장시켰고 그것이 그의 음악에 고스란히 녹아들었을 것이다. 모차르트가 마지막까지 끊임없이 성장해 나갔던 것처럼 신해철의 음악적 역량과 기량도 멈춤 없이 나아갔다. 그는 밴드 음악의 한계를 최대치로 끌어올린 N.EX.T 4집 Lazenca - A Space Rock Opera(1997)를 끝으로

"우리는 더 이상 올라갈 곳이 없다."

라는 오만해 보이면서도 진실한 말을 남기고 스스로 정상의 자리에서 내려와 팀을 해체하고 대중들의 시선이 닿지 않는 영국으로 음향 공부를 위해 떠나버렸다. 그의 이런 실험과 도전은 그가 우리 곁을 떠나기 전 내놓은 마지막 앨범 REBOOT MYSELF(2014)까지 쉼 없이 계속되었다. 그는 정말 모차르트처럼 지칠 줄 몰랐고, 모차르트처럼 훌쩍

떠나버렸다. 그래서 그의 마지막 노래인 <단 하나의 약속>을 들을 때면 늘 모차르트가 미처 작곡을 끝마치지 못했던 유작 「레퀴엠」의 애잔한 <라크리모사> Lacrimosa 선율이 떠오른다.

"밥 딜런 Bob Dylan 은 그의 시를 노래의 형태로 불렀을 뿐이다."

2016년 노벨상위원회가 딜런에게 노벨문학상을 수여하면서 했던 말이다. 1996년부터 꾸준히 노벨문학상 후보로 거론되어 오던 딜런이 20년 만에 수상자로 선정되면서 전 세계 사람들은 다시 한번 시와 노래의 관계를 생각하게 되었다. 나는 그의 수상 소식을 듣고 만약 한국 가수들의 노랫말을 대상으로 하는 문학상이 제정된다면 그 첫 번째 수상자는 단연코 신해철이 되리라 생각했다. 조금 더 나아간다면

"카잔차키스가 그리스인이라는 것은 비극이다. 그가

 경주를 걷는 게 좋아

만약 이름이 카잔초프스키이고 러시아어로 작품을 썼다면 그는 톨스토이, 도스토옙스키와 어깨를 나란히 하는 작가로 남았을 것이다."

　라고 말했던 영국의 평론가 콜린 윌슨 Colin Wilson 의 말처럼, '만약 신해철이 영국에서 태어나 영어로 노랫말을 썼다면 밥 딜런과 어깨를 나란히 할 수 있었을 것이다.'라고 감히 말해 보겠다. 어디선가 나를 고슴도치라고 놀리는 비판의 목소리가 들려오는 듯싶지만 전혀 두렵지 않다. 나의 이런 평가가 결코 과장이 아님은 그의 노랫말을 찬찬히 더듬어 본 사람이라면 누구나 고개를 끄덕이며 인정하게 될 테니까. 그의 노랫말에서는 딜런 못지않은 문학성을 느낄 수 있다. 딜런이 시인이었듯 신해철도 시인이었다. 이것은 처음 그의 노래를 들었던 날부터 지금까지 변하지 않는 나의 일관된 생각이다. 단지 심오하고 진지한 듯 멋져 보이게 억지로 끼워 맞춘 가사가 아니라 매우 현실적인 삶의 주제를 넓게 조망하고 깊이 분석하면서 때로는 직설적으로, 때로는 고상하고 참신

한 비유적 언어로 풀어낸 노랫말은 그의 노래를 듣는 청자들을 한순간에 시를 읽는 독자로 탈바꿈시키기에 부족함이 없다. 이것은 웅장하고 풍성한 사운드 속에서도 그의 노랫말을 또렷하게 전달하는 비결이기도 하다. 그러니까 나는 매일 노래의 형태로 불린 시를 들으며 청소년 시절을 보냈던 것이다.

유유상종 類類相從 이라고 했던가. 나에게는 나처럼 신해철이 시인이라는 사실을 알고 있는 눈 밝은 친구가 있다. 몇 년 전, 그 친구와 동전 노래방에 간 적이 있었다. 그날 우리는 맥주를 음미하며 인생과 예술을 논하다가 갑자기 그 주제들을 노래로 부르고 싶어져 가까운 동전 노래방을 찾았다. 우리는 <그대에게>로 시작해 <민물장어의 꿈>으로 마무리하기까지 거의 2시간 동안 오직 신해철의 노래만을 불렀다. 서로 한 곡씩 번갈아 가며 선곡을 해 나가면서 "와, 이 곡은 정말 죽이지." 같은 경탄을 주고받았고, 혼자 부르기 아까워 모든 노래를 함께 불렀다. 아마도 카운터에 있던 알바생은 노래방 문틈으로 새어 나오는 우리의 괴성을 엿들으면서 "뭐지, 이

　　　　　　　　　경주를 걷는 게 좋아

진상들은?” 했을 게 분명하다. 40대 초반의 아저씨 둘이 내지르는 괴성은 혼자 듣기 아까웠으리라. 그날 우리는 노래의 형태로 된 시를 목에 핏대를 세워 부르며 성대한 우리만의 추모행사를 엄숙하게 끝마치고 의기양양하게 동전 노래방을 나섰다.

신해철을 사랑하는 사람은 도처에 있다. 2019년 1월, 제주도로 가족여행을 갔을 때 숙소가 있던 함덕 해수욕장 근처를 산책하다가 우연히 신해철을 추모하는 작은 비석을 발견했다. The Songs For The One(2007) 앨범의 재킷 사진이었던 턱시도 입은 모습이 새겨진 작은 비석이었다. 이 사진은 그의 영정 사진이기도 했다. 한참을 그 앞에 서 있던 나는 비석을 세운 이가 어떤 사람인지 충분히 짐작할 수 있었다. 갑자기 그 공간이 매우 친숙하고 정겹게 느껴졌다. 해 질 녘 제주도 함덕의 낯선 거리를 거닐다 낯익은 그의 사진을 만나고, 그의 죽음을 슬퍼하며 그리운 마음을 가득 담아 마당 한편에 작은 추모의 비석을 세운 이의 마음을 생각하다가 멘도롱(따스하다의 제주어) 해진 마음으로 휘적휘적 걸어 숙소로 돌아갔던 그 저녁의 산책을 나는 영원히 잊을 수 없다.

포항에도 신해철을 사랑하는 이가 또 있었다. '○○피자'에 처음 갔을 때 신해철의 노래가 흘러나오길래 여러 음악 중에 한 곡으로 나오는가 보다 했는데 놀랍게도 다음 곡, 그다음 곡도 그의 노래가 흘러나왔다. 음식 가게에서 신해철의 음반을 듣게 될 줄은 꿈에도 생각 못 했다. 나는 주인장에게 고마움의 표시로 노래가 너무 좋다고 했고 그는 씩 웃으면서 감사하다고 말했다. 신해철의 노래를 들으며 피자를 먹던 그 시간은 참으로 행복했다. 20여 년 전 대구 동성로에 있는 음악 카페에서 내가 선곡한 '재즈 카페'를 들으며 커피를 마시던 기억이 떠올랐다. '위스키 브랜디 블루진 하이힐 콜라 피자 밸런타인데이.' 피자값을 계산하면서 내심 주인장이 "신해철 forever!"라며 음식값을 깎아 주지 않을까? 하는 못된 생각을 잠시 가져 보았지만 역시 장사의 세계는 냉정했다. 그래도 가게 문을 밀고 나오는 내 발걸음은 가볍기 그지없었다. 세상에 그를 그리워하는 사람이 이렇게나 많다는 걸 신해철은 알고 있을까?

                     경주를 걷는 게 좋아

내 산책의 동반자, 구루, 시인이었던 신해철은 무엇보다 진정한 예술가였다. 대개 작곡가로부터 곡을 받아 전문적으로 노래 부르는 사람을 가수 singer 라고 하고 노래뿐 아니라 작사와 작곡, 프로듀싱 producing 까지 할 수 있는 사람을 뮤지션 musician 이라 부른다. 그런 세간의 기준으로 볼 때 신해철은 완벽한 뮤지션이었다. 그는 음악이 만들어지는 모든 단계를 혼자서 해 낼 수 있는 능력자였다. 하지만 그는 거기서 멈추지 않았다. 자신이 만드는 음악이 예술의 경지에 이르게 하도록 노력을 아끼지 않는 예술가였다. 미학 분야의 작가 레너드 코렌 Lenard Koren 은 《예술가란 무엇인가》에서

"누구나 예술가가 될 수는 있지만 아무나 예술가로 불릴 수는 없다."

라고 했는데 이 말은 사실이다. 우리는 아무에게나 '예술가'라는 칭호를 부여하지 않는다. 가수와 뮤지션의 경계, 예술가와 비예술가의 경계는 여전히 모

호한 측면이 있지만 우리는 감각적으로 누가 예술가
인지 아닌지 구분한다.

'인생은 짧고, 예술은 영원하다.'라는 문장은 진
실한 표현인가? 이 말은 예술가 개인의 인생은 유한
하지만 그가 남긴 예술작품은 더 오랜 시간 세상에
존재할 것이라는 의미인가?

"바흐, 모차르트, 베토벤, 말러도 죽었지만 그 아름다
움은 지금까지도 지속된다. 음악은 유한한 인간에게 시
간을 초월한 아름다움을 무한히 간직하게 만든다. 단언
컨대, 음악은 죽음을 넘어서는 불멸의 존재이다."

라고 말하는 음악학자 오희숙의 설명을 듣고서도
선뜻 고개가 끄덕여지지 않는다. '시간을 초월한 아
름다움을 무한히 간직하게 만든다.'라는 표현이 어딘
지 모르게 불편하다. '신해철의 인생은 짧고, 그가 남
긴 예술은 영원하다.'라는 말은, 신해철이라는 유한
한 인간은 이 세상에서 사라져 존재하지 않게 되었
지만, 그가 만든 음악은 인간 신해철의 유한한 생의

　　　　　　　　경주를 걷는 게 좋아

시간을 넘어서 앞으로도 계속 연주되고 불리면서 생명을 이어갈 것이라는 뜻이다. 맞는 말이라고 생각하면서도 왠지 모르게 나는 쓸쓸함을 느낀다. 녹음된 그의 목소리가 있고, 촬영된 그의 동영상이 있어 언제든지 듣고 볼 수 있지만 정작 가장 중요한 '그'는 없다는 사실을 그저 '인생은 짧다.'라는 단순한 문장으로 정리해 버릴 수는 없는 일이다. 또한 그가 만든 음악은 지금도 존재하며 '그 아름다움은 지금까지 지속'되기 때문에 그의 부존재 不存在 를 너무 슬퍼하지 말라는 의미로도 읽혀 또 한 번 쓸쓸해진다.

불멸을 꿈꾸는 유한한 인간은 자신의 어찌할 수 없는 유한성을 초극하여 불멸에 가닿고자 음악을 비롯해 그림, 문학, 조각, 건축, 영상 같은 예술작품을 만들고 남긴다는 주장은 꽤 그럴듯하게 들리지만 내게는 모두 허무한 희망 사항으로 보인다. '호랑이는 죽어 가죽을 남기고, 사람은 죽어 이름을 남긴다.'라는 옛말이 허무한 것과 같다랄까. 세월 앞에 호랑이 가죽은 낡고 닳아 없어질 것이고, 한때 유명했던 이의 이름도 바닷가 모래 위에 쓰인 글씨처럼 세월의 파도 앞에 흔적도 없이 사라져 버릴 것이기 때문이다.

'한 예술가가 죽더라도 다른 예술가들이 계속해서 예술 활동을 이어갈 것이므로 예술은 영원하다.'라는 설명은 어떤가? 이 또한 씁쓸하기는 마찬가지다. 당연히 다른 예술가들은 계속해서 예술 활동을 이어갈 것이다. 하지만 그들이 계속해서 이어 가는 예술 활동은 더 이상 '그'의 예술 활동은 아니다. 아무리 그에게서 영감을 받은 예술가들이라고 해도 마찬가지다. 지금 당장 그를 추모하는 동료 예술가들의 리메이크곡을 찾아 듣고, 그의 정신과 철학을 이어받아 예술 활동을 해 나가는 후배 예술가들의 작품을 감상할 수 있겠지만 그것으로 '그'를 대체할 수는 없는 일이다.

그에 관한 레퀴엠을 쓰다 보니 어느새 평온했던 마음이 다시 들끓기 시작한다. 세월호 유가족들과 추모객들이 세월호 10주기를 맞으면서 돌아오지 않는 '너'를 더 그리워하는 것처럼. 노무현의 죽음 앞에 분노하며 허망해하던 신해철의 모습처럼 나도 그가 너무 그립다. 그래서 상념이 많아지고 말도 많아

 경주를 걷는 게 좋아

진다. 괜히 이 사람 저 사람의 말에 생트집을 잡고 싶어진다. 부질없는 일인 줄 알지만 억지를 부려서라도 그의 부재를 부정하고 싶은 것 같다.

베토벤은 교향곡 3번 「영웅」을 통해서 레퀴엠이 아닌 다른 방식으로 누군가를 기억하고자 했다. 이 곡은 나폴레옹을 생각하며 작곡했지만 나폴레옹이 공화국의 이상을 내던지고 스스로 황제가 되는 것을 보고 분노하여 '보나파르트'라고 썼던 표지를 찢어 버리고, 새롭게 'Sinfonia Eroica'라 이름 붙이고 '어느 위대한 인물을 기억하며'라는 부제를 달았다는 에피소드가 전해 온다. 특히 2악장 <장송행진곡>은 음악학자 나성인의 말처럼

"듣는 사람마다 각자의 마음속에 품고 있는 영웅과 그의 존엄을 떠올리게 해준다."

또한 음악평론가 최은규의 말처럼

"어느 위대한 인물'은 황제가 되기 전의 나폴레옹일

                경주를 걷는 게 좋아

수도 있고 베토벤이 마음속에 품고 있던 또 다른 영웅일
수도 있다."

얼마 전 동전 노래방에 함께 갔던 친구가 신해철
의 <The hero>(1997) 라이브 공연 링크를 보내왔다.
차에 앉아 오랜만에 그리운 그의 라이브 공연을 보
았다.

"그대 현실 앞에 한없이 작아질 때 마음 깊은 곳에
숨어 있는 영웅을 만나요. 무릎을 꿇느니 죽음을 택하던
그들 언제나 당신 안에 깊은 곳에 그 영웅들이 잠들어
있어요. 그대를 지키며 그대를 믿으며."

라는 마지막 가사에서 갑자기 눈물이 핑 돌았다.
나는 더 이상 그를 죽게 한 의사를 원망하지 않는
다. 그의 노래로 그를 대신하지도, 그에게 영감받은
후배 동료 예술가들이 많다는 것으로 위안을 삼지
도 않는다. 그저 '그의 없음'을 깊이 응시하며 조용히
슬퍼하는 길을 택한다. 나성인은 《베토벤 아홉 개의

교향곡》 에필로그에서 오늘 신해철에 대한 나의 마음을 잘 대변해 주었다.

"베토벤을 만난 지도 벌써 30여 년이 되었다. 장송행진곡의 슬픔이 날 끌어당긴 그날 이후, 베토벤이 없는 세상으로 다시는 돌아가지 못했다. 내 삶의 한 자리를 베토벤이 차지한 까닭이다. 훗날 사랑을 경험하고 나서, 나는 베토벤과의 만남이 사랑의 만남과 다르지 않음을 깨달았다. 사랑이란 결국 그 없이도 가능했던 삶을 끝내고, 그 없이는 불가능한 삶을 새로 시작하는 일 아니던가. 이제 나는 베토벤 없는 세상을 상상조차 못 한다. 같이 지내는 사람과 이런저런 이야깃거리가 쌓이듯이 나도 베토벤과 추억을 만들었다."

비록 '그의 없음'은 되돌릴 수 없는 현실이지만 다행히 나는 '그 없이는 불가능한 삶'을 시작했고 그동안 신해철과의 이야깃거리를 많이 만들었으니 실로 고마운 일이다. 이제 나도 신해철 없는 세상을 상상조차 못 한다.

　　　　　　　　　경주를 걷는 게 좋아

산책에서 장거리 도보여행으로!

"나는 오후에 두어 시간쯤 햇볕을 쪼이면서 늘그막의 세월을 보낸다. 해는 내 노년의 상대다. (중략) 햇볕은 신생(新生)하는 현재의 빛이고 지금 이 자리의 볕이다. 혀가 빠지게 일했던 세월도 돌이켜보면 헛되어 보이는데, 햇볕을 쪼이면서 허송세월할 때 내 몸과 마음은 빛과 볕으로 가득 찬다. 나는 허송세월로 바쁘다."

소설가 김훈은 햇볕을 쪼이는 바쁜 와중에 시간을 내어 산문집 《허송세월》에다 이렇게 써 놓았다.

시골 마을을 지나다 보면 흔히 만나는 풍경 중 하나가 동네 어르신들이 집 앞 평상이나 담벼락 앞

에 놓인 낡은 의자에 앉아 햇볕을 쬐고 계신 장면이다. 혼자 계신 분들은 대개 표정이 없고, 이웃과 함께 계신 분들은 조금 더 생기가 있어 보인다. 얼마 전 포항 보경사 근처로 단감을 사러 갔다가 이 장면을 또 보았다. 10월 말이라 아직 날씨가 좋아서 가벼운 옷차림의 할머니께서 집 앞 양지바른 곳에 의자를 놓고 앉아 계셨다. 문득 김훈의 저 문장이 떠올랐다. 예전에는 햇볕을 쪼이는 모습이 할 일 없는 노인들의 처량한 일과인 줄로만 생각했었는데 김훈을 통해서 저 활동이 얼마나 능동적이고 의미로울 수 있는지 다시 생각하게 되었다. 혀가 빠지게 일하는 세월만이 가치롭다고 가르치는 세상에서 늘그막 노인들의 햇볕 쪼이기는 수동적이고 비생산적이며 무가치한 허송세월로 치부되기 일쑤다. 하지만 이런 생각은 지나치게 물질 중심적이고 비인간적인 주장이다. 오히려 노년의 삶, 늘그막의 세월은 신이 인간에게 준 가장 인간다운 시간이다. 젊은 날 바쁘게 사는 것이 잘 사는 것인 줄로만 알던 사람들이 나이 들고 늘그막에 들어서서야 비로소 빛과 볕의 고마움을 알게 되기 때문이다. 하지만 그 사실을 자각하는 사람은 별로 많지 않아 보인다.

장거리 도보여행. 나는 이렇게 말하고 쓸 때마다 가슴이 뛴다. 먼 거리를 두 발로 걷겠다는 이 소박한 여행을 생각할 때마다 나는 생의 환희를 느낀다. 나중에 걸으려고 벌써부터 손에 꼽아 둔 국내외의 소중한 길들이 떠오르고 지금 당장이라도 짐을 싸서 길을 나서고 싶은 충동을 느낀다. 마치 빌보 배긴스가 난쟁이들의 노래를 듣고 느낀 충동 마냥. 김동률의 감미로운 목소리를 따라

"작은 물병 하나 먼지 낀 카메라 때 묻은 지도 가방 안에 넣고서 언덕을 넘어 숲길을 헤치고 가벼운 발걸음 닿는 대로 끝없이 이어진 길을 천천히 걸어가네."

노래하면서. 고마운 햇볕 아래 오래도록 걷고 싶은 나의 열망은 소박하지만 오래된 욕망이다. 어릴 적 경험한 산책의 아름다운 기억 때문이기도 하겠지만 더 본질적으로는 걷고자 하는 나라는 인간 존재의

　　　　　경주를 걷는 게 좋아

태곳적 욕망의 발현이다. 하여 그 기원은 최초의 인간에게까지 거슬러 올라간다. 나는 이렇게 첫 사람 아담과 연결되어 있다. 볕과 빛을 쪼이면서 오래 걸었을 아담을 생각한다.

가까운 주변을 산책하거나 차를 타고 조금 멀리 떠나 색다른 도시와 장소를 산책하는 일은 그 자체로 완결성이 있는 멋진 일이다. 나는 죽는 날까지 이런 산책을 무한 반복하고 싶고 이를 위해 몸을 단련하고 건강을 돌볼 생각이다. 이에 비해 좀 더 먼 길을 걷는 장거리 도보여행은 비교적 짧은 거리를 걷는 일상적 산책과는 구별되는 측면이 있다. 일단 먼 거리를 걸어야 하므로 충분한 시간을 확보해야 한다. 걷기의 제왕들이 제안하는 세계적인 트레일 코스들은 짧게는 일주일에서 길게는 한 달이나 걸리는 먼 길들이다. 그래서 시간을 확보하는 일이 필요하다. 다음으로 필요한 것은 강인한 체력이다. 남자들은 군대에서 행군하면서 제법 먼 길을 걸어 본 경험이 있겠지만 전시가 아닌 상황에서 군인들이 걷는 길도 고작해야 20km를 넘지 않는다. 그런데 장거리 도보여행 코스들은 대부분 100km 이상이며 연속해서 며칠 동안 계속 걸어야 하니 강인한 체력은 필수적이다. 마지막으로 가장 중요한 것은 끝없이 샘솟는 걷고자 하는 열망이다. 사실 이 열망이 있어야 시간도 확보하고 체력도 준비할 수 있다. 장거리 도보여행은 돈이 되는 생산적인 일도 아니고 도파민이 폭발하는 재미있는 일도 아니다. 걷는 시간의 대부분이 단조롭고 반복적이며 피곤을 유발하는 행위들로 채워져 있다. 멋진 풍광을 보는 신나는 일이라고 말할 수도 있겠지만 그것도 누군가에겐 지루한 일일 수 있고, 그 길이 그 길이고 그 풍광이 그 풍광이라고 말해도 크게 틀린 말은 아닐 것도 같다. 형편이 이러니 샘솟는 열망을 품지 않고서야 어떻게 첫걸음을 뗄 수 있겠으며 그 먼 길을 끝까지 걸을 수 있겠는가. 다행히 나는 저 아래 췌장 끝에서부터 끊임없이 솟구쳐 오르는 열망을 품고 있다. 하여 내 눈에는 이 단조로운 반복이 아름답고 아름답다.

얼마 전 한 지인이 산티아고 길의 일부를 걷고 왔다. 프랑스에서 시작해 스페인으로 접어드는 코스를 걸었는데 열흘 정도 걸어 산티아고 길의 1/3 정도를 걸었다고 한다. 그이는 2주간의 시간을 확보하고, 여러 차례의 국내 장거리 걷기 훈련을 통해 체력을 준비했다. 그리고 오래전부터 그 길에 대한 열망을 키워왔다. 이 세 가지 조건이 갖추어질 때 비로소 열망은 현실이 된다. 그 현실은 비현실적일 만큼 아름답기도 하고, 별 특색 없이 평범하기도 하며, 때로 짜증 날 만큼 지루하기도 할 테다. 길 위에서 만나는 사람들의 인생사도 크게 다르지 않을 것이다.

우리 모두의 문화유산 해설사이지만 스스로는 '글쟁이'라 불리기를 원한다는 유홍준은 《유홍준 잡문집 – 나의 인생만사 답사기》에서 자신의 글쓰기를 이렇게 표현했다.

"나의 글쓰기는 일반적인 산문 형식을 벗어난 '잡문(雜文)'의 성격이 강하다. 이는 내가 젊은 시절에 루쉰의 잡문에서 받은 영향 때문이다. (중략) 루쉰의 잡문이란 그냥 잡문이 아니라 일상사에서 시작해 사상의 담론에까지 이르는 글이다. 옛 문인들의 문집(文集)을 읽을 때도 나는 시

(詩), 논(論), 소(疏), 차(箚), 서(序), 서(書), 척독(尺牘) 등 정통
적인 글쓰기보다도 대개 마지막에 실려 있는 잡저(雜著)를
눈여겨보았다. 잡저에는 세상만사가 다 들어 있고 거기엔
인생이 녹아 있기 때문이다. 내가 '답사기'라고 해놓고 이
소리 저 소리 다 이야기하는 것에는 이런 잡저와 잡문의
정신이 들어 있는 것이었다."

나도 유홍준이 말하는 잡저와 잡문의 정신을 사
랑한다. 세상만사 속에 담긴 인생 이야기가 내 주된
관심사니까. 그래서 그런지 내 글도 제목과 내용이
불일치하는 경우가 많았다. 쓰다 보면 이 소리 저 소
리를 하고 싶은 욕망이 들끓기 때문이다. 유홍준뿐
아니라 녹색평론의 김종철 선생도 비슷한 말을 한
적이 있다. 그는 《大地의 상상력》에서 자기가 쓴 글
에 대해 '에세이' 이상일 수 없음을 논했다.

"나는 한국문학에 관한 글을 쓸 때와 마찬가지로 외
국 문학에 관한 글을 쓸 때도 기본적으로는 논문이 아닌
에세이를 쓴다는 기분으로 썼다. 에세이 형식을 통해서

                    경주를 걷는 게 좋아

만, 무지와 편견에 찬 글일망정 안심하고 쓸 수 있는 자유를 누릴 수 있다고 생각했던 것이다. 그리고 그러한 자유 없이는, 문학이든 인생이든, 가치 있는 어떤 것도 나올 수 없다는 뿌리 깊은 믿음이 내게는 있었다."

잡저와 잡문의 정신은 에세이 정신과 상통한다. 그 속에는 인생의 진실이 녹아져 있기 때문이다. 제목과 크게 상관없어 보이는 이 소리 저 소리를 잔뜩 해대면서도 내가 나름 당당할 수 있도록 어깨를 두드려 주신 유홍준과 김종철 선생에게 감사한다. 이 책의 모든 꼭지에서 나의 무수한 무지와 편견이 드러났을 테지만 그럼에도 내가 안심하고 쓸 수 있었던 것은 그 자유 안에서만 가치 있는 어떤 것이 나올 수 있다고 믿기로 했기 때문이다. 소발에 쥐 잡기처럼 어쩌다 내가 빚어낼지도 모르는 가치 있는 어떤 것이 있다면 고마운 일이다. 비록 그것이 많은 사람을 크게 이롭게 하지 못한다고 할지라도 상관없다. 본디 나는 무지와 편견, 한계와 모순으로 충만한 범부凡夫에 불과하고, 몇 사람만이라도 내 글을 통해 약간의 유익이라도 얻을 수 있다면 그것으로 충분하기 때문이다.

경주를 걷는 게 좋아서 자주 일삼아 걷다 보니 이제는 하염없이 먼 길을 걷고 싶어진다. 산책에서 장거리 도보여행으로 나아가고 싶은 것이다. 앞으로는 정기적으로 국내 장거리 도보여행을 하고, 특별한 기회를 만들어 국외 장거리 도보여행을 떠나고자 한다. 나보다 앞서 길을 개척하고 멋지게 닦아 놓은 이들에게 미리 경의를 표한다. 내게 장거리 도보여행은 김훈의 늘그막 햇볕 쪼이기와 같이 빛과 볕의 고마움을 깨닫게 하는 일이고, 세상만사 인생이 녹아 있는 잡저와 잡문 읽기와 같이 즐거운 일이며, 무지와 편견을 자유롭게 드러내는 에세이 쓰기와 같이 안심되는 일이다. 이 나라 저 나라의 고마운 햇볕 아래 오래 걸을 그날을 고대한다.

마지막으로 경주에게 고마움을 전한다. 나를 키운 건 팔할이 경주였다. 경주에서 나고 자라고 걸으면서 나는 지금의 내가 되었다. 언제 찾아가도 포근하게 반겨주는 정다운 경주에게 고개 숙여 고맙다고 말하고 싶다. 고마워요, 경주! 또한 버지니아에게 다

   경주를 걷는 게 좋아

시 고마움을 표한다. 그녀의 지극히 개인적인 이야기
가 바로 잡문이요 에세이였으니까. 고마워요, 버지니
아!

프롤로그

1. 버지니아 울프, 《런던을 걷는 게 좋아, 버지니아 울프는 말했다》
_정은문고(신라애드), 2017
2. 다비드 르 브르통, 《느리게 걷는 즐거움》_북라이프, 2014

산책의 종말과 쓸모

3. 유현준, [정원도시 서울 – 버려진 철길이, 싱그러운 숲길로]
_ YouTube, 2022
4. 이창남, 《도시와 산책자》_사월의책, 2020
5. 버지니아 울프, 《울프 일기》_솔, 2019

산책자의 도시 경주

6. 함석헌, 《함석헌 수필선집》_지식을만드는지식, 2017
7. 로제 폴 드루아, 《걷기, 철학자의 생각법》_책세상, 2017
8. 윤미애, 《발터 벤야민과 도시 산책자의 사유》_문학동네, 2020

봉황대의 보름달

9. 황현산, 《밤이 선생이다》_난다, 2013

감포 바다의 윤슬

10. 리처드 바크, 《갈매기의 꿈》_나무옆의자, 2018
11. 신해철, 《아버지와 나》_N.EX.T, 2006

아버지의 뒷모습

12. 김진호, 《가족사진》_오늘, 2013

13. 신해철, 《아버지와 나》_N.EX.T, 2006

엄마의 등굣길

14. 고성호, [가장 아름다운 영어단어 Mother]_한국일보, 2004

15. 김탁환, 《엄마의 골목》_난다, 2017

16. 신해철, 《Mama》_N.EX.T, 1995

혹시 정지아 작가 아니신가요

17. 정지아, 《아버지의 해방일지》_창비, 2022

18. 정지아, 《마시지 않을 수 없는 밤이니까》_마이디어북스, 2023

19. 김훈, 《하얼빈》_문학동네, 2022

친애하는 톨킨

20. 루시 모드 몽고메리, 《빨간머리앤 전집 세트》_현대지성, 2023

21. J. R. R. 톨킨, 《호빗》_arte, 2021

22. J. R. R. 톨킨, 《반지의 제왕》_arte, 2021

23. J. K. 롤링, 《해리포터》_문학수첩, 2024

24. 콜린 듀리에즈, 《루이스와 톨킨의 판타지 문학클럽》_이답, 2020

25. C. S. 루이스, 《네 가지 사랑》_홍성사, 2019

윤이상 「관현악을 위한 전설: 신라」

26. 박선욱, 《윤이상 평전》_삼인, 2017

27. 한강, 《소년이 온다》_창비, 2014

베토벤 교향곡 6번 「전원」

28. 나성인, 《베토벤 아홉 개의 교향곡》_한길사, 2018

29. 로맹 롤랑, 《베토벤의 생애》_포노PHONO, 2020

     경주를 걷는 게 좋아

수운 최제우와 해월 최시형

30. 김용옥, 《용담유사》_통나무, 2021

마왕 신해철과 나의 레퀴엠

31. 신해철, 《힘겨워하는 연인들을 위하여》_N.EX.T, 1995

32. 강헌, 《신해철》_돌베개, 2018

33. 음악취향Y, 《신해철 다시읽기》_한울아카데미, 2018

34. 지승호·신해철, 《신해철의 쾌변독설》_부엔리브로, 2008

35. 지승호, 《아, 신해철! 그에 대한 소박한 앤솔러지》_목선재, 2019

36. 신해철, 《마왕 신해철》_문학동네, 2014

37. 이적, 《노래》_나무로 만든 노래, 2007

38. 볼프강 아마데우스 모차르트, 《모차르트의 편지》_서커스출판상회, 2018

39. 허연, [허연의 명저산책-니코스 카잔차키스 '그리스인 조르바']_매일경제, 2012

40. 레너드 코렌, 《예술가란 무엇인가》_안그라픽스, 2021

41. 음악미학연구회, 《음악, 죽음을 노래하다》_풍월당, 2023

에필로그

42. 김훈, 《허송세월》_나남, 2024

43. 유홍준, 《유홍준 잡문집 - 나의 인생만사 답사기》_창비, 2024

44. 김종철, 《大地의 상상력》_녹색평론사, 2019

경주를 걷는 게 좋아

발행일   1판 1쇄 2025년 5월 1일
            1판 2쇄 2025년 7월 8일

지은이   김제우
디자인   **kk**design
사진   김제우, 김지연

발행처   소소와영원
등록   제 505-2025-000009호(2025년 3월 31일)
주소   경상북도 경주시 강동면 동해대로 166-11, 106동 303호
이메일   eunfu777@naver.com

ISBN   979-11-992326-0-0 03810